Christoph Pola

Negroni

und andere Erzählungen

für Ute
u Vertraute
auf unser Wiedersehen

Tender, 8. Oktober 2013
Christoph

agenda

Kleine Reihe Literatur | 9

Christoph Pola

Negroni

und andere Erzählungen

agenda Verlag
Münster
2013

Bibliografische Informationen der Deutschen Nationalbibliothek
Die Deutsche Nationalbibliothek verzeichnet diese Publikation in
der Deutschen Nationalbibliografie; detaillierte bibliografische Daten
sind im Internet über http://dnb.d-nb.de abrufbar.

© 2013 agenda Verlag GmbH & Co. KG
Drubbel 4, D-48143 Münster
Tel.: +49(0)251-799610, Fax: +49(0)251-799519
www.agenda.de, info@agenda.de

Layout, Satz & Umschlaggestaltung:
Katharina Lührmann, Marisa Jürgens, Farina Heilen

Redaktion: Susann Christ
Umschlagabbildung: www.photocase.com © willma
Druck & Bindung: TOTEM, Inowroclaw, Polen

ISBN 978-3-89688-508-1

Inhalt

Negroni

Herkunft	9
Die Verwandlung	17
Premiere	21
Doktorspiele	25
Berg frei	30
Katzenmusik	36
Kontakt	41
Fremdkörper	46
Rauchen kann tödlich sein	50
Feind hört mit	54
Die Welt ist Klang	58
Schlußstricher	63
Caffè freddo	65
Kulinarisches Theater	67
Global denken	70
Der Ausrutscher	76
Flucht	78
Das goldene Zeitalter	80
Die schwarze Messe	81
Der Höllensturz	85
Gutenachtgeschichten	92
Der Weg ist das Ziel	101
Entrückung	104

Kleinere Erzählungen

Blindgänger	109
Nichts	115
Popnovelle	120
Passiert – notiert	126
Die Rückkehr aus dem Hades	133
Shitstorm	137
Tourette	142
Ein Märchen	145

Negroni

*So wenig das regressive Hören ein Symptom
des Fortschritts im Bewußtsein der Freiheit ist,
so jäh vermöchte es doch umzuspringen,
wenn jemals Kunst in eins mit der Gesellschaft
die Bahn des immer Gleichen verließe.*

Theodor W. Adorno

Herkunft

Philipp Waldmann wurde am 26.Mai 1956 in Rottweil geboren. Sein Vater, Heinrich Waldmann, hatte Pharmazie studiert und war Apotheker. Seine Mutter Christine, geborene Regius, hatte nur den Volksschulabschluß und war eine einfache Hausfrau, was sie nicht davon abhielt, ihrem Mann die Geschäftsbücher zu führen. Philipps zweiter, für ein Kind aus katholischem Elternhaus ungewöhnlicher Vorname lautete Hektor und erklärte sich aus einer Vorliebe der Mutter für die griechische Sagenwelt.

Philipp war kein Wunsch-, sondern ein Pflichtkind, denn in jener Zeit wurde Kinderlosigkeit noch als Makel empfunden. Der Unwille des Vaters, nach seiner Prägung durch Hitlerjugend und Krieg zivile Umgangsformen zu erlernen, und die Kälte der Mutter waren für den kleinen Philipp prägende Erfahrungen. Das elterliche Zuhause glich einem Kasernenhof. Dabei war Philipp kein sonderlich renitentes Kind; renitent wurde die Zeit um ihn herum: die frühen sechziger Jahre. Auf die beginnende Pluralität der Lebensstile waren seine Eltern nicht vorbereitet. Ihr Erziehungsziel sahen sie im Ausmerzen jeder Art von Normabweichung, so wie sie es kennengelernt hatten. In den Eltern als der angeblich schutzgewährenden Instanz die eigentliche Bedrohung erkennen zu müssen, vor der es keinen Schutz mehr gab, war die Lebensgrunderfahrung des kleinen Philipp.

Die elterliche Nachkriegsflucht in einen formelhaftstarren Katholizismus brachte das Häßlichste hervor, was ihre Erziehung zu bieten hatte: eine Verquickung kleinbürgerlicher Moral mit Versatzstücken des christlichen Glaubens. Für Philipps Eltern war Gott ein Druckmittel, der verlängerte Arm ihres Willens, ein Wächter, der jedes kindliche Fehlverhalten in sein großes Buch schrieb, um später abzurechnen. Aber es lag gerade an der Bedrohlichkeit seines Elternhauses, daß Philipp religiös wurde und die Kirche bei den sonntäglichen Meßbesuchen als eine Gegenwelt empfand. Zuhause war alles dunkel, eng und bedrückend, der Kirchenraum dagegen groß und hell, seine Luft durchdrungen von Weihrauch, Kerzenschein und dem Widerhall gregorianischer Melodien. Das Sonnenlicht flutete herein und ließ einen farbigen Abglanz der Kirchenfenster an den Säulen und auf dem Boden entlangwandern – ein Schönheitsfleck, dessen Spur das Kind aufmerksam verfolgte. Außerdem gefiel es Philipp, seine Eltern hier als Gebeugte zu erleben. Wenn sie beim Meßbesuch wie alle anderen niederknieten, so war dies ihr erster Autoritätsverlust, und daß sie ebenfalls zur Beichte gingen, stellte ihn mit seinen Eltern auf eine Stufe: Vor Gott waren sie nicht besser als er, und allein dadurch empfand er die Existenz Gottes als tröstlich.

Zuhause versuchte er, mit Buntstiften auf weißem Papier, das von den Kirchenfenstern gebündelte Licht nachzuzeichnen. Auch die langen weitgeschwungenen Melodien des Gregorianischen Chorals blieben in seinem Gedächtnis: Tonfolgen, mit denen er in Gedanken weiterspielte. Er dehnte, verkürzte und variierte sie, wie es ihm gerade recht erschien. Im elterlichen Wohnzimmer befand sich ein altes Klavier. An diesem Instrument stand er und spielte seine Melodien, wobei er das rechte Pedal gedrückt hielt, um den kirchenartigen Nachhall zu erzeugen. Zunächst spielte er nur auf den weißen Tasten und erschrak, als der erste schwarze Ton hinzukam. Dann wurde er neugierig und mischte weiße und schwarze Töne miteinander. Er setzte sich ans Klavier, nahm die linke Hand hinzu und fing an, seine Melodien mit Bordunquinten zu begleiten. Als ihn das nicht mehr befriedigte, dachte er sich andere Stimmverläufe aus. Die Musik nahm ihn immer stärker gefangen und wurde zur eigentlichen Gegenwelt. Wenn der Lebensalltag ihm Schmerzen und Kränkungen zufügte, fand er Trost in seinen Melodien. Die Mutter konnte ihm – als Disziplinarmaßnahme – Stifte und Zeichenblock wegnehmen. Sie konnte ihn in der Besenkammer einsperren. Die Töne blieben ihm, die er in immer neuen Konstellationen wie Perlen auf eine Schnur zog.

Er bekam Klavierunterricht und begann, seine Musik zu notieren. Im elterlichen Wohnzimmer stand ein Plattenspieler, der abends in Betrieb gesetzt wurde, wenn Philipp schlief. Die Musik weckte ihn, und am nächsten Tag versuchte er, sie auf dem Klavier nachzuspielen: Opernarien, Instrumentalstücke. Tagsüber hörte seine Mutter Schlager und Operettenmelodien, deren Verlauf er – auch wenn ihm die Stücke unbekannt waren – schon im Voraus wußte. Das war enervierend und bestärkte ihn in seinem Entschluß, sich ein eigenes Radio zu wünschen. Seine Eltern empfanden den Wunsch als unangemessen, bis Philipp ankündigte, dafür auf alle künftigen Geschenke zu verzichten.

Und so stand eines Tages das Transistorradio vor ihm. Er trug das Gerät in sein Zimmer, drehte auf der Suche nach Sendern am Rädchen und stieß zwischen Textbeiträgen und langweiligem Geplärr plötzlich auf eine atemberaubende Tonwelt, die nur aus Klangflächen zu bestehen schien, eine ganz schwerelose Musik, deren Ausdruck zwischen Heftigkeit und großer Zartheit hin- und herwechselte. Das Herz klopfte ihm vor Aufregung. In dieser Musik gab es eine ungeheure Erlebenstiefe. Sie vermied rhythmische Gleichförmigkeit, wörtliche Wiederholungen und entwickelte sich beständig weiter. Eine wahre Sturzflut musikalischer Gedanken brach über ihn herein. Er notierte er sich den Namen: Arnold Schönberg – und den Werktitel: Variationen für Orchester. Er merkte sich die UKW-Frequenz des Senders, der das Konzert übertragen hatte, und in der Tageszeitung fand er Hinweise auf das kommende Radioprogramm, die er sich ebenfalls herausschrieb.

Zur passenden Uhrzeit schaltete er nun das Radio ein, auf der Suche nach weiteren Hörerlebnissen. Oft wurde normale Musik übertragen, in der Art, wie er sie vom Klavierunterricht her kannte. Aber mit großer Verläßlichkeit kam auch etwas aus der rätselhaften Klangwelt, die ihn so gebannt hatte. Die Eltern lagen schon und schliefen, die Wanduhr schlug ihren einförmigen Takt, vor den klappernden Fenstern sauste der Wind. Philipp lag im Bett und hielt sich das Radio ans Ohr. Was für andere der erste Kuß gewesen sein mochte, waren für ihn die Hornrufe aus der Symphonie opus 21, ‚Pierrot lunaire' und die hohe Fagottmelodie aus ‚Le sacre du printemps'. Er lernte, Unterschiede herauszuhören: Bei

Strawinsky und Bartók war der Rhythmus ganz entfesselt, während die Harmonik im Bereich des Vertrauten blieb; bei den Wiener Komponisten – Berg, Schönberg, Webern – schien die harmonische Entwicklung keine Grenzen zu kennen, und die kontrapunktische Fülle war atemberaubend. Er lernte, musikalische Gedanken nachzuvollziehen, Episoden als Insistenz auf etwas Besonderem zu hören, dessen Bedeutung sich aus dem weiteren Verlauf ergab. Er lernte, in der Aufeinanderfolge der vieltönigen Akkorde komplexe Harmonieverläufe zu hören, die sich aus der Fülle realer, in sich thematisch eigenständiger Stimmen ergaben – eine Kontrapunktik, die in der Arbeit mit gewaltigen Klangschichten gipfelte, deren Wiedergabe seinen kleinen Radioapparat überforderte.

Er versuchte, die Höreindrücke auf dem Klavier nachzuspielen und stieß damit auf wenig Gegenliebe. Seine Mutter hielt sich die Ohren zu, sein Vater sprach von Kulturbolschewismus. Auf dem Klavier durfte Philipp diese Musik nur spielen, wenn seine Eltern außer Hauses waren. Auch der Klavierlehrer war nicht begeistert. Er meinte, Philipp sei zu jung für diese Tonwelt, und ließ ihn dissonanzenreiche, aber noch immer tonale Spielmusik üben. Das war ein Nährungswert, der Philipp auf die Dauer nicht befriedigte. In der Stadtbücherei fand er die sechs kleinen Klavierstücke opus 19. Er lieh sich die Noten aus und brachte sie mit in den Unterricht. Da nahm der Lehrer seine Begeisterung ernst und erzählte ihm, daß solche Musik in der Hitler-Zeit nicht gespielt werden durfte, weil Schönberg ein Jude war – und seine Musik zu anspruchsvoll für die Faschisten.

Darüber wollte Philipp mehr wissen. Aber von den Eltern war nichts zu erfahren. Also fragte er seinen Klavierlehrer und bekam zunächst wieder nur eine heftige Abfuhr. Erst als er insistierend weiterfragte, gab der Lehrer Auskunft und erzählte Philipp von dem gescheiterten Staat, in dem sie lebten, Deutschland, einem Fremdkörper zwischen dem slawischen und romanischen Kulturraum, zu klein für sein parvenühaftes Streben nach Größe und zu groß, um in den Nachbarstaaten aufzugehen.

Zweimal, erzählte Doktor Schäfer, hatte dieses Land versucht, den Nachbarstaaten seinen Willen aufzuzwingen, durch Kriege, die es glücklicherweise verlor, und beim zweiten dieser Kriege schien es, als wollte Deutschland gar nicht siegen, als brauchte es den Krieg an seinen Außengrenzen nur, um sich im Hinterland einer ganz anderen Beschäftigung widmen zu können: dem Völkermord. In den sechs Jahren, die der zweite Weltkrieg dauerte, hatte Deutschland den größten Teil der in Europa lebenden Juden ermordet, Kriegsgefangene verhungern lassen und die Bevölkerung in den besetzten Gebieten dezimiert. Der industrialisierte Massenmord und die Kriegsverbrechen waren so unfaßbar, daß sich die Siegermächte nicht getrauten, dieses Land in die Unabhängigkeit zu entlassen. Unter alliierter Kuratel stehend, auf Bewährung freigelassen, nur bedingt geschäftsfähig, wurde Deutschland halbiert und wuchs in zwei Teilstaaten wieder heran, deren Bewohner sich eine Normalität verordneten, als wäre nichts geschehen. Die letzten Menschenknochen wurden verscharrt, die Trümmer beseitigt. Auf der Flucht vor seinem immensen Schuldbewußtsein floh das Volk in die Arbeit. Im westlichen Teilstaat hieß diese Verdrängungsarbeit ‚Wirtschaftswunder'. Täter und Mitläufer versuchten, in einer künstlich geschaffenen Normalität zu überleben, und die kalte Wut, die zum Durchbruch kam, wenn das böse Spiel mißlang, war Ausdruck ihrer Angst.

Philipp ging in die Stadtbücherei und wollte mehr darüber wissen. Er stieß auf einen Bericht über den SS-Staat und die Dokumentensammlung eines Schweizer Historikers, las die Bücher mit Entsetzen und versuchte zu begreifen, warum sich die Generation seiner Eltern und Großeltern auf diesen Sonderweg begeben hatte. Er trug Zeitungen und führte Hunde aus und wusch Autos in seiner Nachbarschaft, um sich das Geld für die Bücher zu verdienen, die in der Stadtbücherei fehlten, stieß auf Adornos „Philosophie der Neuen Musik", die als ausgeführter Exkurs zu einem anderen Buch bezeichnet wurde, dessen Neuauflage gerade erschienen war: „Dialektik der Aufklärung", las nun dieses andere Buch und übte sich darin, die Gedankenbewegung seiner Autoren nachzuvollziehen, bei denen er keine Antwort, sondern die richtigen Fragen fand. Das war ein Lichtblick. Er hatte große Verständnisschwierigkeiten, zumal ihm nicht alle Texte bekannt waren, auf die sich das Autorengespann bezog. Es gab einen kleinen Skandal, als er sich in der Stadtbücherei nach den Werken eines gewissen Marquis de Sade erkundigte. Aber zum Ausgleich dafür entdeckte er Karl Kraus und Walter Benjamin. Es war wie beim Herumblättern im Konversationslexikon: Er wurde vom einen Stichwort zum anderen verwiesen und kam aus dem Lesen nicht mehr heraus. Er war auf ein Netz von Chronisten einer Gegengeschichte gestoßen, das ihn gefangen hielt. Er verstrickte sich in seinem Lesen so, daß er halbe Nächte damit zubrachte, und die Tage, sich tiefer und tiefer hineinzulesen, und wußte jetzt, daß dies alles keine Hirngespinste waren und daß es für die Welt keine bessere Geschichtsschreibung gab.

Die Verwandlung

Philipp war zu jung, um die Anfänge der sogenannten Protestbewegung zu verstehen. 1967/68 blieb in seiner Erinnerung ein schwarzweißes Fernsehereignis, bereichert um die fassungslosen Kommentare seiner Eltern: rätselhafte Bilder von berittener Polizei und fratzenhaft verzerrten Gesichtern. Die Studentenrevolte erreichte Philipp im Stadium ihrer Verbürgerlichung: in Gestalt der ersten Institutionsmarschierer; das waren gammelige Lehrer, die sich anbiederten, duzen ließen und kein richtiges Wissen vermittelten. Sie gaben sich tolerant und diffamierten zugleich jeden, der für ihre Heilslehren nicht empfänglich war. Sie hielten sich im Vergleich zu den alten Haudegen für etwas Besseres – und das ohne jede Berechtigung.

Auf dem Pausenhof wurden die Veränderungen sichtbar. Einige Mitschüler waren bemüht, sich durch Sprache, Verhalten und einen demonstrativ zur Schau gestellten Lebensstil abzuheben: Sie trugen Blue Jeans und längeres Haar; der oberste Knopf ihrer Hemden blieb offen; sie waren betont lässig, und ihre diffusen Orakelsprüche richteten sich gegen das Establishment. Ein Teil der Mitschüler schloß zu ihnen auf. Es bildete sich eine Zweiklassengesellschaft heraus – mit den Anzeichen einer verkehrten Welt, denn es waren Kinder aus den reichen Elternhäusern, die jetzt längeres Haar trugen, in Blue Jeans herumliefen und gegen das Establishment wetterten. Die Kinder aus der Unter- und Mittelschicht trugen Cordhosen, hatten kurzes Haar und blieben ruhig. Zweifellos empfanden die Oberschichtskinder ihre

Herkunft als einen Makel; jeder Fernsehkrimi entlarvte jetzt die Reichen als die Bösen. Den Makel durch progressive Gesinnung zu übertünchen, gebot vielleicht der Selbsterhaltungstrieb. Aber die junge Elite war nicht einfach kritisch und aufsässig, sondern überheblich, wie es nur Menschen sein können, die im Überfluß großgeworden sind. Sie brachten das Kunststück zuwege, ihre nichtkonformen Mitschüler gleichzeitig rechts und links zu überholen – eine Hetzmeute, die jeden mit höhnischem Gelächter bedachte, der nicht in ihren Reihen mitmarschierte.

Auch ein Teil des arrivierten, politisch eher desinteressierten Bürgertums mutierte zum jovialen Mitläufer dieser Protestbewegung, begann legere Kleidung zu tragen, ließ sich Bärte oder fürchterlich aussehende Koteletten wachsen, trug halblanges Haar und adaptierte die Phraseologie. Es vergaß seine guten Manieren und übernahm die Unhöflichkeit als eine neue Form der Etikette. Es fing an, sich zu hinterfragen und betrieb Gesellschaftskritik als eine Art von Gesellschaftsspiel, dessen Inhalt darin bestand, schneller als der andere beim anderen faschistoide Denk- und Verhaltensmuster aufzudecken.

All das erbitterte Philipp dermaßen, daß er sich bewußt für die Cordhose, für zugeknöpfte Hemden und kurzes Haar entschied. Es war eine folgenschwere Entscheidung. Es dauerte einige Zeit, bis ihm klarwurde, wo er sich befand. Äußerlich ein unauffälliges Mittelstandskind, war er seinen Eltern längst entwachsen; sie konnten seiner geistigen Entwicklung nicht folgen. Auch den großmäuligen Jeansträgern, die mit ideologiekritischen Phrasen um sich schmissen, aber von Kritischer Theorie keine Ahnung hatten, war er hoffnungslos überlegen. So mußte er sich dreier Gruppen von Quälgeistern gleichzeitig erwehren – Eltern, Lehrer und der Wortführer seiner eigenen Generation.

Zum größten innerfamiliären Konflikt kam es, als Philipp sich weigerte, am sonntäglichen Meßbesuch teilzunehmen. Ursache für diese Entscheidung war ein mißglücktes Beichtgespräch, in dessen Verlauf der Pfarrer gefragt hatte, ob Philipp denn nie an das andere Geschlecht denke – und ob er dabei keine sündigen Handlungen beginge? Waldmann versprach, die Frage zu beantworten, wenn auch sein Gesprächspartner ihm darauf eine Antwort gäbe. Diese Bedingung wies der Pfarrer zurück; es stünde dem Beichtkind nicht zu, Fragen zu stellen. Aber Waldmann beharrte auf seiner Forderung genauso wie der Pfarrer auf deren Ablehnung – so daß sie in Unfrieden auseinandergingen.

In der Schule wurde Philipp zur Unperson, nachdem er seine Zweifel an der Qualität der angloamerikanischen Tanzmusik geäußert hatte und die Aufforderung ignorierte, sich zwischen zwei britischen Popgruppen namens ‚Beatles‘ und ‚Stones‘ zu entscheiden. Es war kein Zufall, daß der Schlager, mit dem sich die ältere Generation den Lebensalltag versüßte, und jene angloamerikanische Tanzmusik, aus der die aufmüpfige Jugend ihre Kraft bezog, genau dem entsprachen, was Hanns Eisler als Dummheit in der Musik bezeichnet hatte: eine die Zählzeiten betonende, aus Wiederholungen und naiven

Symmetrien bestehende Musik, schlichte Gesangsstükke, dem Prinzip von Oberstimme und akkordischer Begleitung sowie dem konstanten Wechsel von Strophe und Refrain verpflichtet. Wenn man die aufdringliche Synkopierung, das Gejaule der Stromgitarren und die absichtliche Verzerrung durch übersteuerte Verstärker wegließ und diese Musik analytisch auf ihre Grundbestandteile reduzierte: nämlich geträllerte Melodie und Begleitung durch harmonische Grundfunktionen, so bestand kein Unterschied mehr zwischen dem Song und der typisch deutschen Trivialschnulze. Dem starr durchlaufenden Metrum und der beständigen Wiederkehr identischer Muster entsprach der Verzicht auf ein bewegliches, sich aus Rede und Gegenrede dialektisch entfaltendes Denken – ein sacrificium intellectus, das Kriegs- und Nachkriegskinder gemeinsam erbrachten. Es war für Waldmann schwierig, in diesem Umfeld zu bestimmen, wo er sich befand: offenbar nirgends.

Premiere

Kurz vor Ende seiner Schulzeit bekam er Post vom Kreiswehrersatzamt, eine nüchterne Aufforderung, sich am soundsovielten zur Musterung einzufinden. Das war sein erster Auftritt.

Waldmann erschien pünktlich und ließ das demütigende Ritual über sich ergehen. Er wurde halbnackt durch etliche Räume gescheucht, von Hilfskräften untersucht und stand zuletzt vor einem Bundeswehr-Arzt, der ihn auf seine zerkratzen Körperpartien ansprach. Er fragte den Arzt, ob Dermatologie kein Bestandteil des Medizinstudiums sei, wurde rausgeschmissen und – nachdem er sich wieder angezogen hatte – zum Musterungsbeamten weitergeleitet.

Ein soignierter Herr saß ihm gegenüber, als er Platz nehmen durfte und zu hören bekam: „Sie sind eingeschränkt wehrdiensttauglich. Aber wir haben von Ihnen noch keine Antwort bekommen – ob Sie den Wehrdienst ausüben?"

„Ich kann den Kriegsdienst nicht verweigern...", erklärte Waldmann.

„Fein!", rief der Musterungsbeamte.

„...da es für die allgemeine Wehrpflicht keine Rechtsgrundlage gibt", ergänzte Waldmann.

„Ach", sagte der Musterungsbeamte überrascht. „Dann hilft vielleicht ein Zitat aus dem Wehrpflichtgesetz? Gilt für alle Männer ab dem achtzehnten Lebensjahr, die im Sinne des Grundgesetzes Deutsche sind und ihren ständigen Aufenthalt in der Bundesrepublik Deutschland haben oder..."

„Die Bundesrepublik ist ein Provisorium. Das Deutsche Reich hat als völkerrechtliches Subjekt zu handeln aufgehört, und zwar am 8.Mai 1945, mit der bedingungslosen Kapitulation seiner Wehrmachtsverbände. Die Regierungsgewalt wurde am 5.Juni 1945 von den Alliierten übernommen. Artikel 13 ihrer Erklärung sieht die vollständige Abrüstung und Entmilitarisierung Deutschlands vor."

„Also bitte, erteilen Sie mir keinen Geschichtsunterricht. Ist Ihnen vielleicht entgangen, daß das Besatzungsstatut nicht mehr gilt? Die Siegermächte haben Deutschland mit der Gründung der Bundesrepublik die Souveränität zurückgegeben. Wären Sie jetzt so freundlich mitzuteilen, ob Sie den Dienst mit der Waffe ausüben möchten?"

„Erstens: Seit dem Rückzug des sowjetischen Vertreters am 20.Mai 1948 ist der Alliierte Kontrollrat handlungsunfähig, was aber nicht heißt, daß seine Beschlüsse aufgehoben worden sind. Zweitens: Die Alliierten haben *zwei* deutsche Staaten ins Leben gerufen, die sich gegenseitig völkerrechtlich nicht anerkennen. Drittens: Von einer Rückgabe der vollen Souveränität ist nirgendwo die Rede. Der alliierte Vorbehalt gegenüber dem westdeutschen Teilstaat gilt ungeachtet der Notstandsgesetze, die das hiesige Regime 1968 beschlossen hat, um damit im Krisenfall einer Intervention der drei Westmächte zuvorzukommen."

„Sie haben sich ja gründlich vorbereitet", sagte der Musterungsbeamte. „Aber Sie verwechseln da etwas. Das hier ist die Musterung, kein Verfahren zur Anerkennung als Wehrdienstverweigerer. Dort können Sie Ihre argumentativen Nebelkerzen werfen. Hier verraten Sie mir bitte: Wehrdienst – ja oder nein?"

„Weder – noch. Aus der Konkursmasse des Deutschen Reichs haben sich zwei konkurrierende Staatsgebilde entwickelt. Verraten Sie mir, in welchem der beiden Staaten die Remilitarisierung zu Recht erfolgt ist? Wer sagt mir, daß es richtig ist, den Wehrdienst *hier* abzuleisten – und nicht drüben in der Nationalen Volksarmee?"

„In der NVA? Wissen Sie, was Ihnen dort blüht?"

„Darum geht es nicht..."

„Egal, worum es Ihnen geht – meine Geduld geht zu Ende. Draußen warten noch ein paar andere Herren."

„Ich erkenne die alliierte Oberhoheit über dieses Land an", referierte Waldmann, „und stelle fest, daß die Siegermächte seit Übernahme der Regierungsgewalt völkerrechtlich keinen Schritt vorangekommen sind. Wenn ein Friedensvertrag zwischen den kriegführenden Parteien abgeschlossen worden ist und dieser Friedensvertrag eine Remilitarisierung Deutschlands erlaubt, wenn der Rechtsnachfolger des Deutschen Reichs seine Vertragsbedingungen erfüllt hat und souverän geworden ist, dann können Sie mich wieder zu einem Gespräch über die Wehrpflicht einladen – falls es dann noch eine Wehrpflicht gibt."

„Wenn Sie jetzt keine Angaben zur Wehrdienstverweigerung machen, bekommen Sie zum Schulabschluß den Einberufungsbefehl. Wenn Sie dem nicht Folge leisten, gelten Sie als fahnenflüchtig", schnarrte der Beamte.

„Die Fahne hoch, die Reihen fest geschlossen", sagte Waldmann und verließ den Raum. Er war mit dem Gesprächsverlauf sehr zufrieden.

Ein paar Wochen danach wurde Philipp zur Nachmusterung befohlen und wegen seiner Neurodermitis als wehrdienstuntauglich eingestuft. Er war überrascht und enttäuscht zugleich.

Doktorspiele

Zum längsten und heftigsten Streit in der Familie kam es, als Philipp erklärte, daß er weder Pharmazie studieren noch die väterliche Apotheke übernehmen wolle. Er träumte von einem Magisterstudium. Zum Äußersten – dem Bruch – kam es nur deshalb nicht, weil sich der Vater in Erinnerung rief, daß Philipp trotz allem ein Familienmitglied war, das man nicht wie einen Feind behandeln durfte. Philipp zog nach Frankfurt am Main und studierte mit großer Hingabe und Leidenschaft – bei den Großen ihrer Zunft: Philosophie bei Alfred Schmidt, und Musikwissenschaft bei Ludwig Finscher.

Er bewältigte sein Doppelstudium, arbeitete nebenher als wissenschaftliche Hilfskraft und wirkte zu Beginn sogar noch an den Prostestaktionen mit, die im studentischen Milieu sehr beliebt waren. An der Universität lernte er die Reste der einstigen Protestbewegung im Stadium ihrer kompletten Verelendung kennen: in Gestalt der K-Gruppen, die per Büchertisch den Eingangsbereich der Mensa belagerten, ideologisch verhärtete Jugendsekten, erwachsen aus der Konkursmasse des SDS, von Profilneurotikern geleitet, die im Zeichen der antiautoritären Bewegung aufgebrochen waren, um sich jetzt mit Stalin, Enver Hodscha oder Mao-Tse-tung als Leitbildern gegenseitig den Führungsanspruch der Arbeiterklasse streitig zu machen. Über diese Kindereien konnte er nur lächeln. Er hatte ein instrumentelles Verhältnis zur Marxistischen Gruppe, die er verachtete und deren Flugblätter er sammelte – wegen ihrer unbedruckten Rückseite. Mit der Undogmatischen Linken, die in Frankfurt eine Hochburg hatte, empfand er fast so etwas wie Übereinstimmung, wenn auch nur bis zu jenem Randbereich, an dem sich ihre Vertreter in Kifferphantasien und Straßenfestgeplänkel verloren.

Er hielt die Störmanöver innerhalb der Universität und vorallem die aufwendig geplanten Demonstrationen für unmotiviert. Der Boykott universitärer Veranstaltungen pflegte festzustehen, in Erwartung streikfreundlicher Witterungsverhältnisse gerne im Sommersemester. Die jeweilige Begründung ergab sich spontan (weshalb die Vertreter der Undogmatischen Linken ‚Spontis' genannt wurden). Auch für die regelmäßig eskalierenden Demonstrationen erschien ihm der Anlaß willkürlich an den langen Haaren herbeigezogen. Der Straßenkampf erinnerte ihn an die Räuber-und-Gendarm-Spiele seiner Kindheit, mit einer erhöhten Endorphinausschüttung angesichts echter Gendarme – ein fester Bestandteil des alternativen Lebensstils, von dem er sich distanzierte.

Den hysterischen Lärm um Radikalenerlaß und Berufsverbot empfand er als unwürdig. Es war für ihn unbegreiflich, wie man den zu bekämpfenden Staat um Schonung bitten konnte. Aus demselben Grund erschien ihm das Gezeter über die Stammheimer Isolationshaft verdächtig. Echten Revolutionären, sagte er, käme es nicht in den Sinn, mit dem Schweinesystem über Haftbedingungen zu diskutieren.

Seine Kommilitonen verbrachten also einen Teil ihrer Zeit auf Feten, Diskussionen, Demonstrationen, und wenn sie noch weniger studierten, auf der Haschwiese beim Stadtbad-Mitte. Er besuchte die universitären Veranstaltungen oder saß zu Hause am Schreibtisch und las, wenn er nicht gerade Klavier spielte oder komponierte. Sein Haar war kurzgeschnitten. Er trug keine Jeans, keinen Parka, kein T-Shirt, sondern graue Anzüge und weiße Hemden mit schwarzer Krawatte. Er sah beständig aus, als wäre er zu einer Beerdigung unterwegs. Abgesehen vom Kreis seiner engsten Kommilitonen duzte er niemanden, was im studentischen Milieu ausreichte, um sich unmöglich zu machen.

Nach dem Abschluß seines Magisterstudiums schrieb er eine philosophische Dissertation ‚Über den Begriff der Kindheit bei Theodor W. Adorno'. Anschließend promovierte er in der Musikwissenschaft über ‚Präserielle Konfigurationen bei Arnold Schönberg'. Er wurde habilitiert und studierte nebenher noch ein paar Semester Judaistik. Er hielt Tutorien und Seminare. Aber seiner weiteren Laufbahn stellten sich Hindernisse in den Weg. Niemand zweifelte daran, daß er begabt war, doch fehlte ihm das für den Karrierefortgang entscheidende Netzwerk. Er hatte keinen Stallgeruch. Er bewarb sich erfolglos um jede ausgeschriebene Stelle und mußte zusehen, wie sie mit unbegabten, aber politisch zuverlässigen Leuten besetzt wurde. Eines Tages kündigte ihm die Universität – aus arbeitsrechtlichen Gründen; sie hätte ihn sonst fest anstellen müssen. Eine Zeit lang hielt er sich mit Lehraufträgen über Wasser, an den Nachbaruniversitäten Mainz und Gießen. Zuletzt gab er Deutsch-Nachhilfeunterricht für Germanistikstudenten.

Dann zog er sich aus dem akademischen Milieu zurück.

Er besuchte keine universitären Veranstaltungen mehr, höchstens Vorträge und Gastvorlesungen. Über Nacht verschwand er aus dem Gesichtskreis seiner Bekannten, und kaum jemand vermißte ihn. Nur im Lesesaal der Universitätsbibliothek tauchte er noch auf: ein lebendes Fossil, ein Untoter, der sich in weißes Papier verbiß und von Druckerschwärze lebte.

Die Zeit, die ihm zur Muße blieb – und sie machte den größten Teil des Jahres aus – nutzte er für weitere Studien, und zwar mit einer solchen Hingabe, daß er darüber Essen und Trinken vergaß. Er vertiefte sich in die Lektüre, mit einer solchen Ausschließlichkeit, daß er ganze Tage und Nächte damit zubrachte. Er schärfte seinen Verstand und mußte feststellen, daß alles zutraf, was in den Büchern und Noten stand, und daß es keine zuverlässigeren Ideen gab, und dann verfiel er auf den Gedanken, daß es ihm nützlich und zum Besten aller wäre, sich als Privatgelehrter ins Leben zu stürzen und mit der Rüstung seiner Erkenntnis das Unrecht in der Welt zu bekämpfen. Und weil er bedachte, daß auch sein Vorbild sich nicht damit begnügt hatte, einfach ‚Wiesengrund' zu heißen, sondern den Namen eines genuesischen Edelmannes trug, um die Kritische Theorie berühmt zu machen, so meinte er, stehe ihm eine Namenserweiterung zu, und benannte sich nach der Figur aus einer spätromantischen Oper ‚Negroni' – ein Name, in dem vieles gebündelt war, woran sein Herz hing: die bestimmte Negation, die période nègre in der Malerei und die Erinnerung an das Leid der versklavten Afroamerikaner.

Als seine Mutter und sein Vater rasch hintereinander starben, verkaufte er das elterliche Haus und ging ein letztes Mal auf den Friedhof. Er hatte versucht, in die Gedankenwelt seiner Eltern vorzudringen und die Mauer aus Schweigsamkeit und Verhärtung zu durchbrechen. Aber seine Eltern hatten es stets als Zumutung empfunden, sich auf die Gedankenwelt ihres Sohnes einzulassen. Sie waren einander fremdgeblieben.

Er ging zu seinem alten Lehrer, der inzwischen – etwas wacklig auf den Beinen – im Altersheim lebte. Waldmann spielte ihm ein paar seiner Klavierstücke vor, und Doktor Schäfer meinte, das klänge wie ein zwölftöniger Satie und müsse veröffentlicht werden. Waldmann sprach von einem Verlag, den er gefunden hatte: dem Main, und Doktor Schäfer guckte etwas ratlos, bis Waldmann ihm erklärte, daß er seine Noten als Flaschenpost verschicke. Eine gute Idee, rief der alte Lehrer – und ob schon jemand geantwortet hätte?

Nein, sagte Waldmann, denn er verschickte die Noten anonym.

Berg frei

Er tauchte als Referent bei den ‚Naturfreunden' auf, einem marxistischen Wanderverein, dessen Frankfurter Sektion – von Spontis unterwandert – zur Undogmatischen Linken zählte.

Ein langhaariger Asket eröffnete die Gesprächsrunde, begrüßte Dr. Waldmann-Negroni, der zum Thema ‚Musik und Revolution' sprechen wollte, und bat den Referenten, sich in diesem Kreis an das vertrauliche Du zu gewöhnen.

Waldmann nickte und begann zu sprechen: „Wir haben einen Großteil der letzten Jahre damit verbracht, uns das Scheitern der Aufbruchsbewegung von 1968 zu erklären. Ich glaube, die antiautoritäre Bewegung hat zu ihrem Mißlingen beigetragen durch Fehlrezeption der wichtigsten kanonischen Schrift – oder durch mutwillige Auswahlrezeption, was auf dasselbe hinausläuft. Unsere Helden, die Achtundsechziger, haben die ‚Dialektik der Aufklärung' zwar in Ehren gehalten und als Raubdruck kursieren lassen, aber zugleich völlig mißverstanden: nämlich als Aufruf zur Revolution; während eine traurige Pointe dieses Buches doch gerade darin besteht, daß es von keinem revolutionären Subjekt mehr weiß, die Revolution immateriell geworden ist, ein Gespenst im roten Nachthemd, das sich nicht greifen läßt. Die Revolution ist ortlos geworden und spukt höchstens noch als Dibbuk in unseren Köpfen herum.

Nun gibt es in der Kritischen Theorie zwar einen Hoffnungsschimmer, worin das Immaterielle Gestalt annimmt – aber genau diesen Hoffnungsschimmer haben die Achtundsechziger ignoriert.

Ich rede von der Musik, und meine damit nicht den Rock 'n' Roll oder so etwas, sondern Adornos Kompositionslehrer Alban Berg – oder auch Gustav Mahler –, und den Traditionszusammenhang, aus dem heraus ihre Musik verständlich wird. Wir stehen bei Musik ja vor dem Problem, daß ihr größter Vorzug mit einem Handicap verbunden ist: Musik macht die babylonische Sprachverwirrung rückgängig; sie wird auf der ganzen Welt verstanden, entzieht sich jedoch der sprachlichen Eindeutigkeit. Man kann nicht taktgenau angeben, wovon sie gerade spricht. Das erschließt sich erst durch intensives Studium – durch Nachvollzug ihres gedanklichen Verlaufs. Dieser Nachvollzug ist möglich, denn klassische Musik ist diskursiv. Und wer ihren Gedankengang nachvollzieht, den prägt und verändert sie. Das ist revolutionär.

Der Rock 'n' Roll kennt dagegen keine diskursive Entfaltung des Materials. Er ist repetitiv. Sein sprachliches Äquivalent sind Parolen, die dem Hörer eingehämmert werden, beständig wiederholte Kommandos. Es hat den Anschein, als korrelierten simplifizierendes Denken und unterkomplexe Musik miteinander. Das starr durchlaufende Metrum, die starke Betonung der Zählzeiten und die beständige Wiederkehr identischer Muster, sogenannter Riffs, dienen der Akzeptanz identischer Bewegungsabläufe im Arbeitsprozeß. Das ist Sklavenmusik! So schlug die archaische Trommel den

Takt, dem die Galeerensklaven ihre Rudergeschwindigkeit anzupassen hatten.

Deshalb ist das kritische Potential der Rockmusik nichts als eine Chimäre. In Wirklichkeit ist die Rockmusik längst im juste milieu angekommen und stabilisiert das System. Um es polemisch zu formulieren: Worin besteht der Unterschied zwischen einem Biergarten, in dem Typen à la Diederich Heßling ihrem Alkoholismus frönten, während die Blaskapelle im Hintergrund ‚Preussens Gloria' spielte, und einer Scene-Kneipe, in der sich linke Maulhelden zu den Klängen von ‚Born to be wild' vollaufen lassen?

Ist Euch bewußt, daß man den Inhalt von hunderttausend Rock 'n' Roll-Songs auf ein einziges Thema reduzieren kann: die sexuelle Initiation? Ein anderes Thema scheint Elvis Presleys gröhlende Gefolgschaft zu überfordern. Natürlich gibt es – wie zu allem, so auch hier – sofort ein Rudel Soziologen und Entwicklungspsychologen, das den musikalischen Ausdruck pubertärer Affektinkontinenz als zivilisatorischen Fortschritt feiert, so als hätten die Menschen früherer Zeiten nicht erwachsen werden können, weil ihnen der Rock 'n' Roll fehlte. An diesem künstlich prolongierten Vakuum zwischen Jugend und Erwachsenenalter hängt inzwischen eine ganze Verwertungskette, die den Adoleszierenden erlaubt, aus ihrer altersspezifischen Begriffsstutzigkeit ein geschlossenes Weltbild zu entwickeln: weil man nämlich diese Adoleszierenden zur Kasse bittet. Von ihrer Kaufkraft hängt das Überleben ganzer Wirtschaftsimperien ab."

„Na hör mal", unterbrach jemand. „Die klassische Oper hat kein anderes Thema als Liebe und Eifersucht. Und der Begriff ‚da capo-Arie' spricht für sich. Das ist keine sehr abwechslungsreiche Musik."

Und ein anderer fragte: „Du beziehst Dich ja gerne auf Eislers Kampf gegen die Dummheit in der Musik – aber das musikalisch Dumme findet sich auch bei Eisler selbst. Haben seine Kampflieder keinen durchgehenden Beat? Wimmelt es darin nicht von Symmetrien? Bestehen sie nicht aus dem simplen Schema Melodie und Begleitung?"

„Leider", pflichtete Waldmann bei. „Doch Eisler erfindet wenigstens prägnante Melodien, die sich nicht sofort verschleißen. Er hat eine Vorliebe für Molltonarten, harmonische Feinheiten, Taktwechsel, die seine Musik aus dem Niveau normaler Songs herausragen lassen, obwohl es Schlager gewesen sind, das gebe ich zu: Schlager des Agitprop. Aber seine eigentliche Kampfmusik ist das, was Eisler für den bürgerlichen Konzertsaal geschrieben hat. Keine Theoretikerlektüre und keine Agitation kann leisten, wozu die klassische Musik imstande ist, nämlich: Menschen zum Denken anzuregen. Es ist viel wichtiger, sich dem Komplexionsgrad dieser Musik zu öffnen, als Vertrautem nachzujagen. Konzilianz, Anpassung gibt den Menschen nichts außer dem, was sie schon kennen. Die Gesellschaft müßte sich verändern, um der hermetischen Kunst gerecht zu werden. Sie würde dadurch verändert – das wäre die Revolution."

„Wir sollen also ‚denken wie Beethoven'?", fragte jemand. „Du bist aber nicht zufällig bei der EAP gelandet?"

„Schlafen wie Einstein", schlug ein anderer vor.

Da ertönte zum ersten Mal Gelächter. Der angestaute Unmut brach sich Bahn.

„Du willst das Proletariat mit bürgerlicher Hochkultur anfixen?"
 „Das ist säkularisierter Kulturprotestantismus."
 „Was als Soundtrack für die ‚Wochenschau' gedient hat, ist kontaminiert – für alle Zeiten."
 „Nein", rief Waldmann. „Die Musik, von der ich rede, ist nicht faschismustauglich. Auf seine Weise schreibt Platon darüber; in seiner ‚Politeia' wirft er der Musik vor, daß sie die jungen Männer verweiblichen lasse und zum Kampf untauglich mache. Was er kritisiert, ist doch in Wirklichkeit eine Verheißung! Wer an dieser Musik zu denken gelernt hat, wird immun gegen die Vernebelungsstrategien, mit der sich die verwaltete Welt ihre Diskurshoheit zu bewahren versucht."
 „Ein frommer Wunschtraum", entgegnete jemand. „Schau Dir an, wer nach Donaueschingen pilgert: Das sind großbürgerliche Kleptokraten. Schau Dir an, wer Deine Art von Kultur unterstützt: Das ist die kriegswichtige Industrie. Thyssen sponsort Fachpublikationen. Siemens stiftet Preise. Soviel zum Thema Diskurshoheit und Vernebelungsstrategie."

„Außerdem zitierst Du nicht Platon, sondern Teddy Wiesengrund, der Platon zitiert."

„Soll ich Dir das griechische Original um die Ohren hauen?", fragte Waldmann, der nun auch aggressiv wurde.

„Genau! Und jetzt noch einen Kommentar zur Regression des Jazzhörers", rief jemand, und es ertönte wieder Gelächter.

„Ach, Leute, es ist dumm, sich über Adornos Äusserungen zum Jazz lustig zu machen", rief Waldmann verzweifelt. „Adorno hat den echten Jazz nicht gekannt. Er kannte nur die weiße jazzoide Unterhaltungsmusik. Darauf hat er sich bezogen."

„Ja, und er hätte gegen den Jazz am liebsten auch die Bullen zu Hilfe gerufen!"

Nun sprachen alle durcheinander. Ein vernünftiger Gedankenaustausch kam nicht mehr zustande.

Irgendjemand knurrte: „Dann schon lieber LSD ins Trinkwasser..."

Katzenmusik

Er hielt den Wagen an und fragte einen Dorfbewohner nach dem Weg.

„Zum *dem* Typen wollen Sie?", brummte der Ortsansässige und spukte aus. „Noch'n halben Kilometer geradeaus, und dann links rein. Da sieht man den Hof schon."

Waldmann dankte, fuhr einen halben Kilometer, bog links ein und sah den Hof. Werner kam ihm entgegen. Sie begrüßten sich mit dem Ausdruck einer gewissen Kameraderie. Vor langer Zeit waren sie Kommilitonen gewesen.

„Schau mal", sagte Werner und wies mit großer Gebärde auf die Anbauflächen. „Wir sind autonom. Alles, was hier den Tisch kommt, haben wir selbst produziert: Kartoffeln, Getreide, Kohl und Sellerie. Wir haben auch das alte Backhaus wieder instandgesetzt."

„Wozu die Mühsal?", fragte Waldmann. „Der nächste Supermarkt ist zwei Kilometer entfernt."

„Ey, wir haben den Hof nicht gepachtet, um Dreck zu fressen", erklärte Werner aufbrausend.

„Ich mein ja nur", stotterte Waldmann, „Das braucht doch alles viel Zeit... Wann kommst Du zum Arbeiten?"

Aber sein Gegenüber wies mit der Hand in eine Richtung, aus der man dichten Rauch aufsteigen sah, und rief: „Siehst Du? Sie brennen ihre Felder ab. Das machen sie jedes Jahr nach der Ernte."

„Warum?", fragte Waldmann.

„Habe ich auch schon gefragt. Aber das sind hier alles alte Nazis. Das Felderabbrennen ist ein atavistischer Aberglaube. Ich habe einen Artikel darüber geschrieben, für die hiesige Tageszeitung, und glaubst Du, die hätten den Artikel gedruckt? Die stecken mit den Bauern unter einer Decke..."

Sie betraten die Küche. Am Kohleherd stand Sylvia und rührte mit dem Holzstiel in einem riesigen Kochtopf herum.
„Hi, Flip!", rief Sylvia.
„Hallo, Sylvia. Was kochst Du Feines?"
„Windeln."
„Das Wasser kommt aus dem Brunnen", ergänzte Werner, „und wir beleben es nach dem Grantler-Verfahren. Dadurch brauchen wir keine Tenside."

Sie gingen ins Tonstudio und hörten Werners neueste Musik.

„New Äitsch?", fragte Waldmann irritiert. „Neues Heroin?"

„Das ist ganzheitliche Musik für die spirituelle Selbstverwirklichung", brummte Werner. „Ich verschicke sie auf Kassetten überallhin, nach Holland, Frankreich und auch quer durch diesen Pennerstaat."
„Und die Klangfarben sind alle künstlich – aus Deinem Synthesizer? Und woher kommt der Beat?"

Werner hatte als Avantgardist begonnen und war dann bei der ‚Kulturgruppe A.Shdanow' gelandet.
„Ich habe mich weiterentwickelt", rief Werner hitzig.

„Aber Du machst immer noch Darmstädter Katzenmusik? Große Septimen, kleine Nonen?"

„Ich komponiere", gab Waldmann zur Antwort.

„Ich etwa nicht?", ereiferte sich Werner. „Das war doch konterrevolutionäre Gehirnwäsche, in der wir großgeworden sind: der Mißerfolg zu Lebzeiten als Ausweis künstlerischer Wahrhaftigkeit. Nach dieser Logik durfte unsere Musik erst in der verwirklichten Utopie verstanden werden. Wir sollten wie Mose das gelobte Land aus der Ferne sehen, aber nicht erreichen."

„Höre ich da Verdruß aus Deinen Worten – oder Spott?"

„Was wir als Lebenshaltung eines avantgardistischen Künstlers kennengelernt haben, entsprach der Logik einer Weltuntergangssekte – hier der Verzicht, um dafür im Jenseits belohnt zu werden. Ich möchte aber schon in *dieser* Inkarnation verstanden werden. Ich will das Feedback und die Vibrationen meiner Zuhörer spüren und in der Musik widerspiegeln."

„Aber die Gefahr ist groß – beim Verzicht auf neuere Techniken und den aktuellen Materialstand, daß Du nur mit Versatzstücken approbierter Tonfälle herumjonglierst..."

Sylvia kam herein und setzte sich zu den Männern.

„Was heißt ‚aktueller Materialstand'?", fragte Werner. „Mikrotonalität? Das Geräusch? Es gibt keine Material-Weiterentwicklung mehr. Auch mit der berühmten Durchrationalisierung aller Mittel ist es vorbei. Ihr habt alles zu Ende durchrationalisiert. Was soll ein Komponist Deiner Ansicht nach tun? Auf der Stelle treten wie Wladimir und Estragon?"

Da schaltete sich Sylvia ein und sprach: „Ihr seid überhaupt nicht geerdet. Ihr übergeht die Grundvoraussetzung für *jede* Art von Tätigkeit."

Als Waldmann Sylvia kennengelernt hatte, war sie Trotzkistin – und dann bei der Marxistisch-Reichistischen Initiative. Er sah erwartungsvoll zu ihr hinüber und fragte: „Und – worin besteht die Grundvoraussetzung?"

„Analyse", erklärte Sylvia. „Erst muß ich für mich mir über mich selbst Klarheit verschaffen und mich verstehen lernen in meinen Abhängigkeiten und Bedürfnissen."

Da kam ein Kind hereingehoppelt, klammerte sich an Werner fest und sagte: „Werner, ich hab wieder gemacht..."
„Ach, Grünfried", sagte Werner unwillig. „Selbst ist der Mann! Ich hab Dir doch schon gezeigt, wie das geht."

Das Kind begann zu plärren, Sylvia nahm es schützend in die Arme und fuhr ihren Lebenspartner an: „Wie sprichst Du mit dem Kind?"
„Ach Kacke!", schimpfte Werner. „Er ist jetzt neun Jahre alt – kann er sich die Windeln nicht einfach selber wechseln?"
„Du Fascho!", keifte Sylvia. „Wir hatten ausgemacht, daß er das nächstes Jahr in der Krabbelgruppe lernt."
„Ich ein Fascho? Wir wollten das Problem auspendeln. *Das* hatten wir besprochen."
„Ich laß mir doch von 'nem Trancemucker nix aufoktroyieren!", schrie Sylvia und verließ den Raum.

„Kräuterhexe! Kannst Du Dich bei der nächsten Mens nich' einfach verpissen?", brüllte Werner und verließ ebenfalls den Raum.

„Schreib doch eine Lesginka!"

„Geh und lutsch Heilsteine – aber verschluck Dich nicht wieder!"

„Und vergiß nicht, was Doktor Dschugaschwili Dir verordnet hat: dreimal täglich Histomat!"

Sie stritten sich quer durch das ganze Haus. Zurück blieben Waldmann und das plärrende Kind.

Kontakt

Eines Tages rief ein alter Kommilitone an, den Waldmann nie sonderlich geschätzt hatte. Nach seinem Studienabbruch war der Kommilitone untergetaucht – umso überraschender jetzt sein Anruf und die Insistenz, mit der er auf einem Treffen bestand.

Sie trafen sich in einer Äbbelwoi-Kneipe. Waldmann erkannte ihn kaum wieder; Melvin trug eine Jeansjacke, und sein Haar war deutlich kürzer als zu Studienzeiten.

„Du hast Dich sehr verändert", sagte Waldmann.

„Ist das hier Deine Stammkneipe?", fragte Melvin und sah mit verachtungsvollem Blick auf die Kleinbürger an den Nachbartischen.

„Wenn ich seltenerweise einmal ausgehe, dann hierher", entgegnete Waldmann. „Wäre es Dir lieber, in einer Scene-Kneipe abzuhängen?"

„Nein", sagte der andere.

Aus dem Vorgeplänkel entwickelte sich ein ganz nichtssagendes Gespräch. Sie gingen alte Bekannte durch: Dozenten, Kommilitonen – wer sich in welche Richtung entwickelt hatte. Waldmann haßte Smalltalk. Er empfand das Treffen als Zumutung und war entschlossen, es zu beenden.

„Du möchtest gehen?", fragte Melvin, der die Ungeduld seines Gegenübers spürte. „Können wir irgendwo ungestört sprechen?"

Sie gingen zum Mainufer und setzen sich auf eine Bank. Es war ein lauer Sommerabend. Ein paar Spaziergänger und Radfahrer kamen vorbei.

„Ich lese im ‚Pflasterstrand' und im ‚Roten Mohn', was Du so schreibst", sagte Melvin, „und es ist mir zu kryptisch. In einem Artikel bezeichnest Du das Konzept der Stadtguerilla als regressiv und berufst Dich auf den Genossen Holger, der sich gegen Deine Unterstellungen nicht mehr wehren kann..."

„Ich sagte unter dem Vorbehalt, daß das Zitat keiner kritischen Werkausgabe entstammt: Wenn Holger Meins mit seiner Definition von Illegalität als ‚*Freiraum, wo Du erstmal Subjekt bist*' den Standpunkt seiner Gruppe korrekt wiedergegeben hat, wird daraus das Scheitern der Stadtguerilla ersichtlich. Wer so die Illegalität hypostasiert, hat gar kein Interesse am Gelingen der Revolution."

„Das ist undialektisch", widersprach Melvin. „Erst einmal: Illegalität ist ein Konstrukt, vom Machtapparat zu Selbsterhaltungszwecken definiert. Zweitens: In diesen vom System definierten Zustand der Illegalität einzutreten, ist für den Revolutionär der erste Schritt in die verwirklichte Utopie, ein Vorschein des richtigen Lebens. Und zuletzt: Legalität ist per se faschistisch. Die nachrevolutionäre Gesellschaft kennt weder Legalität noch Illegalität, weil die Widersprüche aufgehoben sind, aus denen solche Begrifflichkeiten konstruiert werden."

„Bist Du Dir sicher? Glaubst Du, im Zustand der verwirklichten Utopie würde es keine Dissidenz mehr geben? Und diese Dissidenz würde keinen Revolutionären Terror provozieren?"

„Das wäre dann immer noch eine Phase des Übergangs. In der vollkommen befreiten Gesellschaft gibt es keinen Dissens mehr – und damit auch keine Dissidenz. Ich würde auf diesem einen Satz nicht so herumreiten.

Mag sein, daß er die Illegalität hypostasiert. Aber er diskreditiert nicht die Praxis, für die Holger sich geopfert hat. Woher hast Du eigentlich seine Schriften?"

„Erinnerst Du Dich an Gunther? Er war beim KBW. Ich habe ihm seine Bücher abgekauft."

„Was macht er denn jetzt?"

„Er ist ein Junkie."

Von links näherte sich eine Schallquelle – Trivialmusik – und verlor sich rechts in der Ferne. Es war ein Personenschiff, das an ihnen vorbeifuhr, von tanzenden und singenden Menschen bevölkert.

„Was mir an Deinen Texten gefällt, ist die Analyse der linken Pseudoaktivität", sagte Melvin. „Und ‚Siemens sana' ist gut. Du belegst mit Zahlen, daß das Wachstum auf dem Export von Folter- und Rüstungstechnik beruht. Aber ich frage mich: Wo stehst Du? Nach einer solchen Analyse gibt es keine Neutralität mehr. Du wirfst Dich entweder dem System in die Arme – oder Du arbeitest mit an seiner Vernichtung. Wie sagt man in Deinen Kreisen – tertium non datur?"

„Die Stadtguerilla und die Revolutionären Zellen haben versucht, sich durch Kraftgesten über ihre Selbstmarginalisierung hinwegzutäuschen", erklärte Waldmann. „Das ist alternatives Imponiergehabe, Pseudoaktivität der übelsten Sorte. Vor der Radikalität des Denkens sind sie in den Aktionismus geflüchtet."

„Teddy, ick hör dir trapsen...", höhnte Melvin. „Wenn nun aber das radikale Denken erst durch Aktionen vermittelt wird? Durch Aktionen, die das System zwingen, seine Maskerade abzulegen und sich als faschistisch zu entlarven – vor den Augen einer zunehmend kritischen Öffentlichkeit?"

„Willst Du mich anwerben?", fragte Waldmann nach einer Pause.

„Du mußt wählen", sagte Melvin, „zwischen der linken Lebenslüge – oder dem Kampf. Du bist unauffällig. Du könntest uns helfen."
„Was soll ich tun?"
„Nichts, was gegen Deine Prinzipien verstößt. Es geht darum, ob jemand ein paar Tage bei Dir wohnen könnte."
„Wer?"
„Ein Genosse, der unsere Unterstützung braucht."
„Darf ich seinen Namen erfahren?"
„Nein."
„Ich habe kein Recht zu erfahren, wer meine Gastfreundschaft in Anspruch nimmt?", fragte Waldmann und erhob sich.

Melvin blieb sitzen. „Es ist zu Deinem eigenen Schutz besser, wenn Du den Namen nicht erfährst – vorerst jedenfalls."

„Dann lehne ich das Offert dankend ab", sagte Waldmann.

Melvin erhob sich und sagte: „Verstehe ich richtig? Das ‚Grand Hotel Abgrund' ist ausgebucht?"

„Ich wiederhole mich nur ungern", erklärte Waldmann.

„Das war Deine Chance, Waldi. Eine zweite gibt es nicht", sagte Melvin und holte sich Papier und Drehtabak aus der Jackentasche.

Als er das Zigarettenpapier mit der Zunge befeuchtet hatte, nutzte er die Gelegenheit, um vor Waldmann auszuspucken. Dann drehte er sich um und verschwand.

Als Waldmann in der nachfolgenden Woche außer Hauses ging, um etwas zu erledigen, zog durch seine Wohnung ein Sturm der Verwüstung. Die Tür wurde aufgebrochen, das Klavier umgestürzt, ein Teil der Noten und Bücher aus den Regalen gefegt, zu Boden geworfen und an die Rauhfasertapete im Flur mit roter Farbe gesprüht: ‚*Quod est superius est sicut quod est inferius*'. Die größte Wut ließ sich am Babylonischen Talmud aus, dessen Bände zerstampft wurden.

Fremdkörper

Als er dreizehn Jahre alt war, rückten Mädchen in sein Blickfeld. Einmal in der Woche begegnete er Lucia, die in der Stunde vor ihm Klavierunterricht hatte. Ihre Blicke trafen sich, wenn sie den Raum verließ. Lucia ging auf eine andere Schule. Einmal hatte er sie in der Rottweiler Innenstadt zusammen mit einem jungen Mann gesehen – ihrem Freund vermutlich. Es war schmerzlich für ihn, sie in festen Händen zu wissen, und zugleich befreiend, denn nun konnte er Lucia aus sicherer Entfernung lieben.

Als Waldmann nach Frankfurt ging, hatte er sie vergessen. In seiner Studienzeit schien es keine Frau zu geben, die ihn interessierte, und er weckte kein Begehren. Seit es den Frauen gefiel, durch Kleidung die Konturen ihrer Figur hervorzuheben, ertappte sich auch Waldmann bei einem nachdenklichen Blick auf weibliche Formen: wie ein Kompaß, der magnetisch abgelenkt wurde. Aber dann kam es ihm absurd vor, wegen solcher Körperfragmente das Studium zu vernachlässigen. Er wußte nicht, ob die Zurschaustellung weiblicher Reize Paarungsbereitschaft signalisierte. Er wußte nicht, ob die Beschäftigung mit Frauen einen Erkenntnisgewinn versprach.

Den Anblick seines eigenen Körpers empfand er als ernüchternd. Ohne Zweifel war der männliche Körper eine Travestie des weiblichen: in Grundzügen ähnlich geformt, jedoch ungelenk und klobig, eine böse Laune der Natur. An den Frauen mißfiel Waldmann die Lautstärke, mit der sie auftraten. Sie trugen gerne Schuhwerk, das der akustischen Hervorhebung diente. Jeder ihrer Schritte erzeugte einen Knall. An den mit Frauen liierten Männern mißfiel ihm der sexuell motivierte Opportunismus: Frauen veränderten die männliche Einsichtsfähigkeit. Ein verliebter Mann duldete Äusserungen aus dem Munde seiner Freundin, die er bei keinem Geschlechtsgenossen hingenommen hätte. Im Angesicht einer Freundin waren Männer imstande, ihr ganzes Weltbild über den Haufen zu schmeißen – ein für Waldmann nicht hinnehmbarer Deformationsprozeß.

Als Waldmann Assistent war, traf er Lucia wieder. Sie hatte in Frankfurt ein zweites Studium begonnen. Hin und wieder liefen sich die beiden über den Weg. Eines Tages erschien Lucia in Waldmanns Proseminar. Sie saß in der letzten Reihe und schrieb eifrig mit. Nach den Sitzungen ging sie auf ihn zu und stellte Fragen. Aber er sah nur die Fragen, die er getreulich beantwortete, nicht den Menschen, der sie stellte.

Ein paar Jahre später begegneten sich die beiden wieder, auf einem Festival für Alte Musik. Er saß im Publikum, sie war Mitglied des Ensembles. In der Pause sprachen sie miteinander. Waldmann erzählte von den Schwierigkeiten, die er überwinden mußte, um in der Beschäftigung mit vorneuzeitlicher Musik etwas anderes zu erkennen als einen eskapistischen Abwehrreflex gegenüber der zeitgenössischen Avantgarde, erzählte dann von seinem Damaskuserlebnis: wie ihn die Beschäftigung mit der Vokalmusik des 15. und 16.Jahrhunderts eines Besseren belehrt habe, wie er den Weg immer weiter zurück zu den vortonalen Klangbändern Pérotins gefunden und von dort den Absprung zu Steve Reich geschafft habe, der mit dem Phänomen der Wiederholung ganz anders umginge als die zeitgenössische Tanzmusik – während er Lucia also in Grund und Boden redete, fiel sein Blick plötzlich auf eine kleine Vertiefung in ihrer Stirn, den Rest einer Windpockennarbe, und er betrachtete dieses Detail mit einem für ihn selbst unerklärlichen Interesse. Sie spürte seine Irritation, die kleine Abweichung der Kompaßnadel, und stellte fest, daß sein Interesse nicht mehr allein dem Thema galt. Darüber mußte sie lächeln, und dieses Lächeln bezauberte ihn.

In der Folgezeit trafen sich die beiden nun öfter. Er besuchte ihre Konzerte, hörte die immergleichen Virelais und Chansons und verliebte sich in das Geblöck ihres Dulcians. Sie verabredeten sich zu gemeinsamen Konzert- und Theaterbesuchen. Sie durchstreiften Museen und gingen am Mainufer entlang. Ihr Umgangston wurde vertraulich, und Waldmann verlor seine Reserviertheit.

Nach einem gemeinsamen Abendessen kam Lucia auf die verwegene Idee, Waldmann auszuführen. Sie trödelten durch die Innenstadt. Er achtete auf das Geräusch ihrer Beine, die beim Laufen aneinanderrieben, lauschte dem Klang ihrer Schritte und wartete auf das Scharren, das hin und wieder erklang, wenn sie mit einem Fuß nicht richtig auftrat.

Alles schien gutzugehen – bis sie vor dem ‚Looky's' standen, das gerade neu eröffnet hatte.

„Was ist das?", fragte er konsterniert.

„Musik", erklärte Lucia und machte ein paar Tanzschritte.

„Nein", sagte er. „Das ist keine Musik. Das ist auch kein Geräusch, wie es durch Cages erweiterten Musikbegriff emanzipiert worden ist, um unser Ohr durch Gewöhnung an komplexere Frequenzen aus dem Prokrustesbett der geläufigen Oktavteilung zu befreien. Das ist die akustische Vergegenwärtigung eines Rückfalls in die Barbarei. Das ist Marschmusik! Ihre Tarnung durch synkopierte Gegenrhythmen, überhaupt die auffällige Synkopierung – das funktioniert doch alles nur auf der Grundlage eines durchgehenden Viererrmetrums. Eine Musik, die in nicht zu überbietender Drastik den Rhythmus der Kopulationsbewegungen nachahmt, um den Menschen in einen Zustand der Regression hineinfallen zu lassen..."

„Woher kennst Du Kopulationsbewegungen?", fragte Lucia.

„Soviel weiß ich", replizierte Waldmann, „daß aus deren Mimesis der Marsch seine Anziehungskraft bezieht. Warum haben manche Leute nur das Bedürfnis, zu einer solchen Musik den Körper zu bewegen? Ist das verpflichtend? Man kann natürlich sagen: Besser, sie tanzen, als daß sie wieder losmarschieren..."

So stand er nun vor der Discothek und hielt eine Privatvorlesung, während in Lucia der Ärger hochkochte – über Waldmann und über sich selbst. Sie hätte den Ausgang dieses Experiments vorhersehen können.

Rauchen kann tödlich sein

Da sagte Waldmann plötzlich: "Wenn Du willst – komm mit nach Hause. Ich kann Dir zeigen, wozu Musik imstande ist."

Er hatte noch nie jemanden in seine Wohnung gelassen, und aus seinen Worten glaubte Lucia einen merkwürdigen Nebensinn herauszuhören. Also gingen sie quer durch die Innenstadt hinüber ins Westend, betraten Waldmanns Domizil, und während sich Lucia an den Schreibtisch setzte, den einzig bequemen Platz in dieser kaum besucherfreundlich eingerichteten Wohnung, lehnte Waldmann an ein Regal und legte knisternde Schallplatten auf, denn es war zu spät, um noch etwas am Klavier vorzutragen.

Zwischendurch erzählte er merkwürdige Geschichten über den Komponisten, dessen Musik sie hörten.

"Er war sehr naturverbunden", sagte Waldmann, "und liebte Wanderungen in das Hochgebirge. Er liebte die Pflanzen in seinem Garten. Er hatte eine ungeheure Kenntnis der abendländischen Komponiertradition, die sich mit einem tiefen Verständnis für das organische Wachstum verband, das er bei seinen Pflanzen studierte. Musiksprachlich begann er dort, wo Mahlers Symphoniesätze endeten: mit dem Auflösungsfeld.

Aber es ging dem Komponisten nicht gut; er mußte ums Überleben kämpfen. Italien und Deutschland wurden faschistisch und bedrängten sein kleines Heimatland.

Als sich Österreich Hitlers Mördertruppen anschloß, landete die ohnehin nur wenig gespielte Musik des Komponisten auf der Verbotsliste. Die Befreiung seiner Heimat erlebte er hoch in den Bergen. Dorthin war er mit seiner Familie geflohen, um etwas von der Ruhe wiederzufinden, die er zum Komponieren brauchte. Aber er hatte kein Notenpapier mehr, und so entstand seine letzte Musik nur noch im Geiste: Sphärenklänge für Chor und Orchester."

Waldmann sprach ein überdeutlich akzentuiertes Hochdeutsch – die Folge seiner Prägung durch den alemannischen Dialekt, dessen Sprachmelodie ihm peinlich war. Nur im Zustand großer Erregung oder Müdigkeit, wenn die Selbstkontrolle nachließ, kam eine leichte Vokalfärbung zum Durchbruch.

„Und dort, in den Bergen", erzählte er weiter, „holte ihn die Außenwelt ein. Dem Schwiegersohn des Komponisten, der mit Angehörigen der Besatzungsarmee unerlaubte Geschäfte betrieb, wurde eine Falle gestellt. Es war später Abend. Der Komponist stand nichtsahnend vor dem Haus, in dem gerade sein Schwiegersohn verhaftet wurde, und wollte eine Zigarette rauchen. Er ließ ein Streichholz aufflammen. Vor dem Haus befand sich auch der amerikanische Infanteriekoch, ein Mann aus einfachen Verhältnissen, der blindlings – ohne Vorwarnung – auf die Lichtquelle zielte und den Komponisten erschoß. Später gab der Koch zu Protokoll, er habe in Notwehr gehandelt; er sei vom Komponisten angefallen worden; und zeigte, um diese Behauptung zu stützen, eine uralte, längst vernarbte Wunde vor. Diese Schutzbehauptung wurde amtlich beglaubigt, um den Anspruch der Witwe des Komponisten auf materielle Unterstützung abzuwehren. Der Koch hat sich zehn Jahre später das Leben genommen.

Mit dem Kriegsende begann die Vorherrschaft der USA über West- und Mitteleuropa. Nordamerika war jahrhundertelang Europas Mülldeponie gewesen, und der white trash hatte sich dort eine neue Problemwelt geschaffen, schmutzig, gesetzlos oder mit den Anfängen einer barbarischen Gesetzlichkeit, zum Überleben jedenfalls besser geeignet als das nationalstaatlich verkrustende, pogromfreudige Europa. Nun kehrte der enterbte Sohn zurück und entmündigte seinen Vater. Und damit ging der Siegeszug der amerikanischen Popularmusik einher. Die Mehrheitsgesellschafter, weiße Raubritter auf Plünderungszügen, hatten sich Elemente aus der Musik der ehemaligen Sklaven zusammengestohlen, mit ihrer eigenen Trivialmusik vermischt und daraus Warenstandards geformt. Ein Tsunami an geradtaktiger, synkopenlastiger Unterhaltungsmusik überschwemmte die Welt. Nur wenige junge Menschen in Japan, in den USA und hier in Europa haben sich für die Musik des ermordeten Komponisten eingesetzt."

„Du meinst Anton Webern – nicht wahr?", fragte Lucia.
„Kurzfristig wurde er sogar zum Maskottchen der Nachkriegsavantgarde", sagte Waldmann, „bevor man ihn wieder in der Versenkung verschwinden ließ."

„Ich glaube nur", überlegte Lucia, „daß Du ein paar Sachen durcheinanderbringst. Weißt Du nicht, wie kaputt die Deutschen nach dem Krieg gewesen sind? Denk nur an Deine Eltern. Oder an meine. Etwas amerikanische Lässigkeit hätte ihnen gutgetan. Und glaubst Du im Ernst, die Leute würden sich Webern anhören, wenn es keine Popmusik gäbe? Sie würden dann immer noch Gassenhauer und Schlager hören – oder die musikalische Zuckerwatte, mit der ihnen Goebbels während des Krieges die Ohren zugekleistert hat.

Und was mich betrifft: Ich bevorzuge ältere Musik. Du redest so, als wäre man verpflichtet, die Neue Musik zu lieben."

„Umgekehrt wird ein Schuh draus", sagte Waldmann nach einer Pause. „Wenn Du Dich mit dieser Musik beschäftigst, wirst Du merken, daß es jemanden gibt, der Dich liebt."
„Wer?", fragte Lucia.
„Diese Musik", antwortete Waldmann. „Sie ist das Zärtlichste, was es gibt."

Eine Zeit lang standen sie schweigend nebeneinander.

„Dann möchte ich nicht stören", sagte Lucia und ging.

Feind hört mit

In ‚Dr. Hoch's Konservatorium' kam es zu einem Streitgespräch zwischen dem jungen, noch aufstrebenden Hartmut Gelander und dem Erfolgskomponisten Hans-Ulrich Bergmann.

„Ich kann Ihre Kritik am Serialismus nicht dulden", rief Gelander. „Sehen Sie nicht, mit welcher Konsequenz sich die Reihentechnik entwickelt hat: aus der motivisch-thematischen Arbeit, zur Bändigung der Polyphonie – und vorallem in der Absicht, musikalisch die größten Kontraste aus *einem* gedanklichen Urmotiv herzuleiten? Schauen Sie nur in die Partitur der ‚Jakobsleiter': Sie werden erkennen, daß sich die Zwölftontechnik von der Engelsmusik herleitet. Seit damals lag die Idee in der Luft, das Reihenprinzip auf alle Parameter eines Tons auszuweiten."

„Ich urteile nicht über den Serialismus", erwiderte Bergmann, „sondern nur über die Serialisten – und die haben einen Konformitätsdruck erzeugt, auf den ich allergisch reagiere. Sie dürfen nicht vergessen: Ich habe noch Krieg und Faschismus erlebt."

„Ja, aber Ihre Kollegen doch auch!", rief Gelander hitzig. „Ihr wart doch alle dressiert, den rechten Arm zu heben. Ihr hattet gelernt, Eure Briefe ‚mit deutschem Gruß' zu unterschreiben. Ihr wart unter Zwang oder um des Überlebens willen zu jugendlichen Mittätern geworden und fühltet Euch im Nachhinein beschmutzt und geschändet. Auf der Grundlage dieser Erfahrungen hat sich der Serialismus entwickelt, auf der Suche nach einer nicht mehr sprachähnlichen Musik, frei von aller

Überwältigungsästhetik – keine Rhetorik mehr, keine Triumphgesten, keine Hierarchien..."

„Wenn Sie den Serialismus aus einer Art Waschzwang herleiten, soll mir das recht sein", sagte Bergmann spöttisch.

„Er leitet sich auch von der Erkenntnis her, daß es unter Hitler kein Refugium gab, das nicht besudelt worden ist. *‚Die Klassiker sind in den Schützengräben gestorben'*, hatte Brecht nach dem ersten Weltkrieg gesagt – für unsere Zeit eine intolerable Verharmlosung: Die Klassiker waren nicht in den Schützengräben gestorben, sie ließen sterben, innerhalb und außerhalb der Schützengräben. Die Klassiker haben in den Chefetagen der Rüstungs- und Vernichtungsindustrie gearbeitet. Sie haben die Endlösung organisiert, Erschießungskommandos befehligt und Konzentrationslager geleitet. Und die alliierten Exorzisten haben zwar versucht, Deutschland den Teufel auszutreiben, das Experiment aber schnell wieder abgebrochen, weil ihnen selbst der Glauben fehlte – oder weil sie nur daran interessiert waren, den Patienten äußerlich wiederherzustellen, seine Dämonen aber für ihre Zwecke nutzen wollten. Mir fällt da immer Tucholsky ein: *‚Wegen des anhaltend schlechten Wetters fand die deutsche Revolution in der Musik statt.'* "

„Was wollen Sie eigentlich sagen?", fragte Bergmann.

„Daß Deutschlands Neubeginn – nach dem Sieg über Hitler – ebenfalls nur in der Musik stattgefunden hat, in dieser fixen Idee der Serialisten, eine von Traditionsresten freie Musiksprache zu finden, von einem Nullpunkt aus die Musik neu zu denken. Und man sollte diesen Ansatz ernstnehmen und weiterentwickeln, statt – wie Sie es tun – in vertrauten Tonfällen zu reden."

„Das ist ja ein schlechter Witz, Herr Gelander, daß ausgerechnet Sie mir den Gebrauch traditioneller Patterns vorwerfen. Hören Sie nicht den Traditionalismus in Ihrer eigenen Musik? Oder in den Werken Ihrer modernistischen Kollegen? *Ich* höre es jedenfalls – etwas, das mit Ihrem künstlerischen Selbstverständnis unvereinbar ist, nämlich Madrigalismen: für jeden Zweck abrufbare Tonsatzklischees. Das Gebrüll der Instrumente als Anklage, Ausdruck der Wut über das herrschende Unrecht. Lyrismen als Ausdruck der Trauer über die geschändete Welt. Tonwiederholungen als Einspruch des Subjekts oder was auch immer, weil man zur Entfaltung musikalischer Gedanken unfähig ist, aber doch vorankommen möchte. Und die Mittel zur Individualisierung verstärken nur den Eindruck von Uniformität: Live-Elektronik, der Gebrauch ungewöhnlicher und exotischer Instrumente, extreme Spielweisen – so klingt ein Avantgarde-Museum! Und der Spannungsbogen fehlt in dieser Musik; die Stücke zerfallen in lauter ähnliche, unter sich austauschbare Abschnitte, könnten zehn Minuten früher enden oder endlos weiterfiepsen – einsätzige Orchesterwerke mit kryptischen Titeln, zu Distinktionszwecken ersonnen, weil ihre Schöpfer noch dem Überbietungszwang gehorchen..."

Da erhob sich Waldmann aus dem Publikum und sagte: „Herr Bergmann, Herr Gelander – Sie berufen sich beide auf den antifaschistischen Widerstand. Sie kämpfen für dasselbe Ziel: die klassenlose Gesellschaft. Könnten Sie die Gegensätze in aestheticis nicht auf sich beruhen lassen und erklären: Sie arbeiten mit unterschiedlichen Mitteln an der Verwirklichung derselben Idee?"

„Nein!", riefen Bergmann und Gelander wie aus einem Mund.

Die Welt ist Klang

Er besuchte einen ‚Workshop für Zeitgenössische Improvisation' in Schwerte, wo Carl Gustav Heilmann residierte und sommerliche Ferienkurse gab – in Konkurrenz zu Darmstadt, mit dessen Kursleitung sich der Meister zerstritten hatte.

Die Teilnehmer gingen in kleinen Grüppchen durch den Garten. Man hörte Fachsimpeleien und gehässige Anekdoten über nicht anwesende Kollegen.

Ein Donaueschinger Erfolgskomponist kam zu Waldmann herüber und fragte: „Was machen *Sie* denn hier? Man sagt, von intuitiver Musik hielten Sie nicht viel."
  „Ich denke, man sollte Heilmann wenigstens einmal erlebt haben", entgegnete Waldmann. „Immerhin war er in den fünfziger Jahren einer der wichtigsten Komponisten, zusammen mit Pietro Pallino."
  „Ich warne Sie nur", sagte der andere im Flüsterton. „Heilmann ist total durchgeknallt."

„Das sind sie doch alle", gab Waldman zurück. „Pallino genauso – er hat Anfang der fünfziger Jahre jeden, der nicht seriell komponierte, lächerlich gemacht. Ein paar Jahre danach hat er das Komponieren aufgegeben. Was ich bei Pallino vermisse, ist die kritische Reflexion dieses Rückzugs: vielleicht ein Wort des Bedauerns oder auch die nachträgliche Anerkennung anderer musikalischer Bestrebungen."
  „Naja, Sie haben diese Zeit nicht erlebt. Nach dem Krieg war die gemäßigte Moderne dran – da herrschte

ein sklerotischer Neoklassizismus. Dann trat die zwölftönige Orthodoxie auf den Plan, und deren Musik unterschied sich vom neoklassizistischen Gedudel in nichts – nur durch einen höheren Dissonanzgrad. Und Pallino, Heilmann und ein paar Kollegen waren bemüht, die Durchrationalisierung aller Mittel wirklich mal bis ans Ende zu verfolgen – bis an die Grenze des Fruchtlands."

„Aber sein Nachruf auf Schönberg ist unverzeihlich. War es nötig, sich wie Herostratos durch einen so schmählichen Akt ins Bewußtsein der Öffentlichkeit zu drängen – durch die Beschimpfung eines gerade Verstorbenen? Wissen Sie, was Baudelaire gesagt hat, als er einen solchen Nachruf zu lesen bekam? *‚Seit wann ist es Hunden erlaubt, den Friedhof zu betreten?'* Ausserdem ist Pallinos Grabrede auf Schönberg völlig undurchdacht: Pallino beschwert sich darüber, daß sein Haßobjekt für die seriellen Implikationen der Reihenbildung blind gewesen ist – statt dankbar zu sein, daß Schönberg das Buffet nicht leergefressen, daß er der nächsten Generation überhaupt noch ein Innovations-Häppchen übriggelassen hat..."

„Du mein Güte, das ist jetzt mehr als dreißig Jahre her... und Sie empören sich darüber, als wäre es gestern geschehen. Pallinos Kritik an Schönberg hatte ihren historischen Ort. Sie bezog sich auf den Unterricht und die Ästhetik seines Zwölfton-Lehrers."

„Dann hätte er das sagen können. Er lebte im freien Nachkriegs-Rom und nicht in der Volksrepublik China, wo man Konfuzius sagen mußte, wenn man Tschu-En-lai meinte. Außerdem ist er dem späten Schönberg nicht gerechtgeworden. Schönberg hat sprachähnliche Mittel in seiner Musik zugelassen, und damit gespielt – oder ungeheure Ausdruckscharaktere daraus entwickelt wie im Streichtrio. Ich glaube, er hat vorausgesehen, daß der völlige Verzicht auf Sprachähnlichkeit zu jener Sprachlosigkeit führt, in die Pallino & Co. hineingerutscht sind."

„Sie sind mir vielleicht ein Schlaumeier. Das ist ein vaticinium ex eventu. Was ist denn mit *Ihren* Kompositionen? Von Ihnen hört man gar nichts. Von Ihnen hört man, daß Sie für ein einfaches Lied mit Klavierbegleitung drei Jahre brauchen. Was ist denn aus Ihrem ‚traurigen Mönch' geworden?"

„Ins Wasser gefallen", sagte Waldmann.

„Meine Herren, wovon sprechen Sie?", fragte Heilmann, der plötzlich wie aus dem Nichts aufgetaucht war.

„Über Pallino und sein Verhältnis zu Schönberg."

„Das ist doch ganz irrelevant", rief Heilmann. „Schönberg hat auf den heutigen Bewußtseinsstand der Menschheit nur sehr unvollkommen hingearbeitet. Und Pallino ist nichts als ein Epigone von mir, ein schlechter Imitator, dem die ethischen Implikationen der Musik ganz fremd geblieben sind."

Um Heilmann gruppierte sich ein Kreis von Zuhörern. Der Meister genoß die Aufmerksamkeit und sprach:

„Ich habe lange Zeit gebraucht, um meine Funktion als Künstler zu verstehen, um zu begreifen, daß *ich* es bin, der alle Völker und Rassen in diesem Universum auf eine höhere Bewußtseinsstufe transformiert. Deshalb gab ich auch das serielle Gesetz an meine komponierenden Zeitgenossen weiter, in der Hoffnung, daß sie bei der Rückführung der Universen ins Paradies helfen könnten. Aber wie sagt der Volksmund so treffend? Perlen vor die Säue: Meine Kollegen waren total überfordert."

Heilmann schüttelte energisch den Kopf, um dann fortzufahren:

„Und so war doch ich allein ausersehen, alles, was da lebt, zusammenzuführen vor den Schöpfer, der bei der Auferstehung sagen wird: Kommet her zu mir, ihr Gesegneten, und ererbet das Reich, denn ihr habt mich angehört und mir gesungen und gespielt. Zu denen zu seiner Linken aber wird er sagen: Gehet hinfort von mir, ihr Verfluchten, denn ihr habt mich nicht angehört und meine Musik nicht gespielt und gesungen, und man wird sie hinausstoßen in die Finsternis, und da wird sein Heulen und Zähneklappern."

Die Zuhörer blickten etwas ratlos. Heilmann klatschte in die Hände und rief: „Aber jetzt, meine Damen und Herren, folgen Sie mir in die Klangkuppel."

Von innen wurden zwei Türflügel geöffnet, Heilmanns Assistentinnen traten hervor und geleiteten die Kursteilnehmer in einen Raum, der aussah wie eine Kreuzung aus Raumschiff, Kapelle und kaiserlichem Audienzsaal. Heilmann begab sich zum Podest an der östlichen Raumseite, nahm auf einer Art Thronsessel hinter dem riesigen Mischpult Platz, setzte sich Kopfhörer auf und rief: „Über und neben Ihnen sind Mikrophone. Wir wollen uns jetzt einschwingen in eine intuitive Kollektivimprovisation über die Weltformel, die ich entdeckt habe, als ich mit Vorstudien zum Musikdrama ‚Jugend' aus meinem Opernzyklus ‚Ich' beschäftigt war. Aus dieser Formel ist alles entstanden, was es je gegeben hat oder noch geben wird. Sehen Sie dort auf die Tafel: Da stehen die Noten. Sie hören die Formel auch gleich aus den Lautsprechern. Nehmen sie die Weltformel als einen cantus firmus, der Ihnen hilft, Ihr Inneres in Einklang zu bringen mit der Musik."

An der Tafel standen ganze Noten, in zwei Reihen untereinandergeschrieben, und dazwischen Zahlen, griechische Buchstaben und Pfeile, die auf irgendetwas verwiesen. Das Ganze sah aus wie eine Anfängerübung im Palestrina-Kontrapunkt, garniert mit Fragmenten aus einem naturwissenschaftlichen Lehrbuch. In den Lautsprechern wurde ein Brummen vernehmbar, das wie Filmmusik klang. Eine japanische Flötistin nahm ihr Instrument und fing an zu spielen. Andere folgten ihrem Beispiel. Waldmann saß ratlos am Klavier und orientierte sich zunächst an den beiden Tonreihen. Dann fing er an, nach Lust und Laune zu improvisieren. Er sah hinüber zum Meister: Heilmann saß mit verklärtem Gesichtsausdruck an seinem Mischpult und schob die Regler hin und her. Er war high.

Waldmann ging zu einem Tisch, auf dem Getränke bereitstanden, trank ein Glas kohlensäurehaltiges Mineralwasser, wobei sich er bemühte, viel Luft zu schlukken, rülpste dann ins nächststehende Mikrophon und warf im Hinausgehen noch einen Blick auf Heilmann, der das Gesicht verzog.

Schlußstricher

Auf der Buchmesse stritt er sich mit ein paar Schriftstellern herum, verhinderten Gymnasiallehrern, deren Lieblingspose die klassische Unterrichtssituation war – mit dem einen Mann am Katheder, der seinen Schülern Sätze in die Feder diktiert. Noch lieber traten sie als Propheten und Zeichendeuter auf, die einem unmündigen Volk zur Erkenntnis verhelfen mußten. Ihre fixe Idee war der emigrierte Zeigefinger; ihr größtes Unglück die Harmlosigkeit ihrer Mitteilungen: Niemand zwang sie, nach England zu fliehen, weshalb ihr ‚J'accuse' nur umso lauter und verzweifelter ertönte.

Ein paar dieser Schriftsteller war jetzt in Not geraten. Sie hatten sich als Humanisten und Gesellschaftskritiker aufgespielt – zum Beispiel Gaby Großmann –, und nun brach der alte Adam bei ihnen durch: ein Weiterleben des antisemitischen Ressentiments unter linken Vorzeichen, seine Verwandlung in einen militanten Antizionismus, der zwar den Palästinensern das Recht auf einen Staat zusprach, aber nicht den Israelis. Sie waren entweder doch vom elterlichen Einfluß geprägt – oder naturbegabt wie Markus Ländler, dessen Antisemitismus bruchlos aus dem alten Judenhaß hervorging, nur um ein neues Argument bereichert: daß nämlich Deutschland zum Schandfleck geworden war, das lag an den nazistisch gekränkten Juden. Man hatte sie doch gerade erst vernichtet; aber sie waren schon wieder da, wie die Stehaufmännnchen, und durften Deutschland in der Weltöffentlichkeit heruntermachen, und sie hörten nicht auf damit – es mußte endlich ein Schlußstrich gezogen werden.

Am Tisch saß Markus Ländler, Bücher mit großen Schlußstrichen signierend – vor ihm seine Fans, bereit, sich ein Romanexemplar von des Meisters Hand veredeln zu lassen. Auch Waldmann stellte sich in die Schlange. Als er vor Ländler stand, trat er ihm mit voller Wucht gegen das Schienbein. Ländler fing an zu brüllen; der Schmerz ließ ihn aufstehen und durch die Gegend humpeln.

„Oh, das tut aber mir leid", sagte Waldmann.

„Was soll das heißen?", schrie der lädierte Schriftsteller. „Sie haben mich getreten und tun so, als wäre das ein Versehen?"

„Na gut", sagte Waldmann. „Ich habe Sie getreten. Aber jetzt bereue ich es und bitte um Entschuldigung."

„So leicht kommen Sie nicht davon", geiferte Ländler. „Ich werde Sie verklagen."

„Das finde ich nicht in Ordnung", erklärte Waldmann. „Ich habe Sie um Entschuldigung gebeten. Wir sollten das Ganze jetzt vergessen."

„Mit Verlaub: Wann etwas als vergessen zu betrachten ist, entscheidet das Opfer, nicht der Täter."

„Oh, danke!", sagte Waldmann. „*Das* wollte ich hören."

Caffè freddo

In der ‚Schirn' stritt er sich mit Jonas Prinzhorn, dem Installationskünstler.

„Ihre Arbeit hat reinen Gebrauchscharakter", klagte Waldmann, „Der Kunstcharakter leidet darunter. Befürchten Sie keinen Autonomieverlust?"

„Kunst arbeitet nach dem Talionsprinzip", dozierte Prinzhorn, „und kann nicht besser sein als die Gesellschaft, deren Widersprüche sie aufzeigt. Um gegen die falsche Wirklichkeit Einspruch zu erheben, muß sie schnell reagieren und schert sich einen Dreck um Fragen der Ästhetik."

„Genau das meine ich", replizierte Waldmann, „Reflexionen über das Material und den Umgang damit."

„Ihre Frage nach dem Kunstcharakter ist verräterisch", rief Prinzhorn. „Wo leben Sie? Sind Sie gerade mit einer Zeitmaschine aus dem 19. Jahrhundert hierhergekommen? Kunst ist aus dem Museum heraus- und ins Leben eingetreten. Sie wollen Tafelbilder sehen? Mit einem schwarzen Quadrat oder Seerosen als Motiv? Dann gehen Sie zum Zahnarzt. Sie träumen noch den Spießertraum vom großen Künstler, dessen Meisterwerk im Museum hängt und von Kunstwissenschaftlern analysiert wird? *Das* ist völlig unkünstlerisch – eine in die Kunst hineingetragene Größenphantasie!"

„Ausgerechnet Sie veralbern den Künstlertraum vom Erfolg – ein Hätschelkind der Finanzoligarchie, die Ihnen Ihre Ausstellungen finanziert und Ihre dreidimensionalen Leitartikel abkauft?"

„Den Beifall von der falschen Seite nehme ich in Kauf, um von der richtigen Seite verstanden zu werden."

„Und – werden Sie verstanden?"

„Verlangen Sie etwa eine Akklamation durch die Massen als Rechtfertigungsnachweis für künstlerische Arbeit – ausgerechnet Sie: ein spätavantgardistischer Feingeist? Ich kenne Ihre Publikationen. Sie sind doch ein Adornomat!", höhnte Prinzhorn. „Egal, auf welches Alltagsphänomen Sie den Blick richten – was bei Ihnen rauskommt, ist immer dasselbe: der kalte Kaffee der Kulturkritik."

„Besser als Ihre entkoffeinierte Plöre", replizierte Waldmann.
„Das ist eine Retourkutsche!"
„Nicht ganz. Mein Kaffee hat wenigstens aufmunternde Wirkung."

Kulinarisches Theater

Zwei Tage lang war er als Kellner in einem Restaurant tätig. Am zweiten Abend, nach einer Opernpremiere, kam viel Prominenz; unter den Gästen befand sich auch Peter Schlingenfels, der Regisseur.

Schlingenfels' Inszenierungen waren legendär. Er verlegte ‚Peter Grimes' in die Alpen und ‚La Wally' ans Meer. In seiner Frühzeit hatte er damit große Skandale verursacht. Jetzt konnte er die Opern und Theaterstücke beliebig auf den Kopf stellen – sein Publikum ließ sich nicht mehr provozieren. Einmal hatte Waldmann ihn bei einer Premiere gesehen. Die Mitwirkenden lächelten freundlich, traten an die Rampe und verbeugten sich. Nur Schlingenfels verbeugte sich nicht. Er hielt ein Sektglas in der Hand, blickte durch seine funkelnden Brillengläser herausfordernd in den Saal und wartete auf Protest. Leider ertönten nur wenige Buhrufe; aber sie reichten aus, um den Regisseur ein paar Zentimeter wachsen zu lassen.

Jetzt saß er an einem Tisch zusammen mit der Kritikerin vom ‚Frankfurter Wirtschaftsblatt'. Waldmann bemühte sich, soviel wie möglich von dem Gespräch mitzubekommen.

„Ich inszeniere meine Schwierigkeiten mit dem Publikum, das auf vertrauten Sehgewohnheiten beharrt. Und ich inszeniere meine Schwierigkeiten mit dem jeweiligen Stück", hörte er Schlingenfels sagen.

„Aber wenn Sie Schwierigkeiten mit einem Stück haben", fragte die Kritikerin, „warum verzichten Sie dann nicht auf die Regie?"

„Weil meine Schwierigkeiten Ausdruck der objektiven Distanz sind, die uns von dem Theaterplunder trennt. Eine Inszenierung in vorgeblich werkgetreuer Gestalt raubt den Stücken ihren Wahrheitsgehalt. Indem man die Stücke gegen den Strich bürstet, läßt man ihnen mehr Gerechtigkeit widerfahren als in einer musealen Rekonstruktion ihrer angeblichen Originalgestalt."

„Wieso angeblich?", fragte die Kritikerin. „Ist der Text keine zuverlässige Gestalt? Bietet er nicht die verläßliche Wiedergabe der Intentionen seines Verfassers?"

„Nein. Die private Intention eines Autors ist ohnehin wurscht. Entscheidend ist, wohin so ein Stück objektiv tendiert. Aber selbst diese objektive Tendenz können wir nicht im 1:1-Maßstab wiedergeben. Sie ist uns fremd geworden und muß durch Negation gerettet werden. Das Fremde wird durch Verfremdung entzaubert, und dadurch ensteht so etwas wie ein Original zweiter Ordnung."

„Das leuchtet mir nicht ein", erklärte die Kritikerin.

„Passen Sie mal auf – was Sie zuverlässige Textgestalt nennen, ist für mich ein Diktat: ein Stück, das mir Ort und Zeit, die Handlung und den zu sprechenden Text vorgeben will. Eines der Gegenmittel ist die produktive Erweiterung der Textvorlage. Der originale Text tritt mir als etwas Fremdes gegenüber. An der Verfremdung dieses Fremden entzündet sich meine Originalität, die das Original destruiert, um es in zweiter Potenz wiederherzustellen."

„Die Intention des Textes ein Diktat? Geben Sie damit nicht zu erkennen, daß Sie selbst Autor sein möchten?

Statt anderer Leute Arbeiten zu verfremdem, warum schreiben Sie nicht selbst Theaterstücke?"

„Damit die mir von andern kaputtinszeniert werden?", fragte Schlingenfels.

In dem Moment ertönte ein Klingelsignal aus der Küche. Waldmann beeilte sich, um das für Schlingenfels bestimmte Tellergericht zu holen, ging zum Buffett und manschte italienische Vorspeisen – vorallem Meeresfrüchte – darunter, gab Balsamico-Essig dazu und stellte das Ganze vor den erstaunten Regisseur auf den Tisch.

„Was ist das?", fragte Schlingenfels.

„Cordon bleu à la Geneviève."

„Das ist kein Cordon bleu à la Geneviève!"

„Doch", sagte Waldmann. „Konzeptuell erweitert."

Global denken

Einmal war er zu Gast in der ‚Quadriga des Geistes', einer von Paul Klondike geleiteten Fernseh-Gesprächsrunde.

Waldmann kam zu spät ins Studio. Es blieb kaum Zeit, ihn kameratauglich zu schminken. Das Vorgespräch fiel dementsprechend kurz aus, und die Teilnehmer hatten gerade Platz genommen, als eine Stimme aus dem Off verkündete: „Herr Klondike, wir sind gleich auf Sendung!"

„Oh, schon so spät?", sprach der Philosoph, schob die Lesebrille an den unteren Nasenrand und setzte sich in Positur.

„Guten Abend, meine Damen und Herren!", begann Klondike. „Im fünften Buch der ‚Hemipaideia' erklärt uns Thermokrit, daß sich die Fische in einer Sprache unterhalten, die für den Menschen unverständlich ist. Aber die Silben, die sie aussprechen, werden in den Luftblasen konserviert und steigen nach oben. Wer nun das richtige Ohr hätte – so Thermokrit –, könnte die Fische verstehen, sobald ihre Luftblasen an die Oberfläche gedrungen sind. Das ist nichts, was wir als naiv abtun dürfen, sondern es steckt darin ein alarmierender Aktualitätsbezug: Wir sollten diesen Mut zur Oberflächlichkeit haben. Luftblasen zu erzeugen, also herumzublubbern, ist die angemessene Kommunikationsform für den, der seine Message rüberbringen will. Wer als Fisch keine Blasen erzeugen will, darf auch nicht atmen. Die elitäre Abkopplung der künstlerischen Avantgarden führt in den Selbstmord. Kunst muß den Weg zurück in die Verständlichkeit finden. Die Gegenposition vertritt unser heutiger Gast: Philipp W. Negroni. Herr Negroni, Sie sind ein Neutöner. Was rechtfertigt Ihrer Ansicht nach die Hermetik in der Kunst?"

„Wenn ich das höre, fällt mir Karl Valentin ein: ‚*Ich kann gar nicht soviel essen, wie ich kotzen möchte*'", begann Waldmann und wurde gleich von Klondike unterbrochen:

„Es wäre nett, wenn Ihre Wortwahl im fernsehtauglichen Rahmen bliebe..."

„Das gilt aber doch für Sie genauso", begann Waldmann seine Tirade. „Erst einmal ist der Begriff ‚Neutöner' völlig deplaciert, ein Kampfbegriff aus den zwanziger und dreißiger Jahren, der Versuch, das Neue als eine Art Normabweichung zu delegitimieren. Neue Musik ist keine Neutönerei, sondern der Begriff steht für die Hauptströmung abendländischer Kunstmusik seit etwa 1910. Können Sie nicht verstehen, was bildende Künstler, Schriftsteller und Komponisten bewogen hat, dem Ideal einer hermetischen Kunst nachzujagen, an der man sich abarbeiten muß, um durch Erkenntnisgewinn belohnt zu werden? Können Sie das nicht nachvollziehen – den produktiven Haß auf die Gebrauchkunst jener Zeit: Trivialmusik, photorealistische Bilder, Kaiser-Geburtstags-Lyrik, um zu verstehen, wovor Künstler in Frankreich, Rußland und im deutschsprachigen Raum geflohen waren, nämlich vor der Zumutung, das Amüsierbedürfnis eines immer denkfauleren Publikums befriedigen zu müssen, das nur die Reproduktion des schon Vertrauten zuließ, bei allem Unvertrauten aber auf seinen Hausschlüsseln zu pfeifen begann – womit sich die Zunahme der Komplexion in der abendländischen Kunst als Abwehrzauber erklären läßt, Abwehr gegenüber einem letzten Rest von Fremdbestimmung: dem Zwang, unterhalten zu müssen, und zugleich Hinwendung zu rein werkimmanenten Problemen..."

„Das leuchtet mir ja ein", unterbrach Klondike den Redefluß, „was sie über die Entstehung der Modernen Kunst sagen. Aber es rechtfertigt nicht den Gebrauch des Adjektivs ‚neu'. Für heutige Maßstäbe ist Neue Musik: Bowen Davy, Jack Michaelson oder Maradonna..."

„Aber das ist doch keine Neue Musik", rief Waldmann verzweifelt. „bestenfalls ein Surrogat. Das ist Massenware! Und als solche zugleich eine physische Bedrohung! Aufdringliche synkopenlastige Tanz- und Unterhaltungsmusik, wie sie den Menschen aus allen Lautsprechern entgegenquillt, in jedem Café und Kaufhaus, aus jedem Taxi, im Fahrstuhl, selbst noch auf der Toilette die Menschen verfolgend, was die richtige Vergleichsmöglichkeit bietet, denn es handelt dabei sich um eine gigantische Menge an Auswurf, höher als alle Achttausender des Himalaya zusammen, bestehend aus nichts als einem einzigen Stück, das als Schablone für die myriadenhafte Imitation seiner selbst dient: der Song, auszusprechen mit scharfem ‚S', denn terminologisch hat diese Musikgattung ihren Ursprung im angloamerikanischen Sprachraum, ein schlichtes Lied also, bestehend aus der trivialen Abfolge von Strophe und Refrain, Strophe und Refrain, nur manchmal durch ein Formteil namens Bridge erweitert, ehe Strophe und

Refrain wiederkehren, zusammengequetscht in das Standardghetto vierer an Lebenszeit gestohlener Minuten, die man sich einen solchen Song anhören soll, ehe der nächste völlig gleichartige kommt, dilettantisch zusammengebastelt aus plärrender Oberstimmenmelodik, den verschlissensten Dreiklangsharmonien als Begleitmuster, sowie einem aufdringlich-repetitiven Baß samt Schlagzeuggewummer, das nichts als die Zählzeiten eines konstant gleichbleibenden Metrums betont, gespielt im Tempo eines Geschwindmarsches, als gälte es, in Zeitraffer einen Feind zu überrennen, was ja auch realiter geschehen ist – weil dieses musikalisch Dumme der schöpferischen Intelligenz den Krieg erklärt und sie in Rekordzeit besiegt hat, weshalb die Welt der künstlerischen Verfeinerung in Trümmern liegt, besiegt von einer Rohheit, die sich, um gegen jeden Protest gewappnet zu sein, und das ist das Perfideste überhaupt, als fortschrittlich ausgibt, wie es die strategisch geschulten Apologeten dieser Musik nie zu erwähnen vergessen, indem sie die Klassenfrage stellen und den Song, vorallen in seiner Rock 'n' Roll-Variante, zu einem proletarischen Ausdrucksmittel verklären (als hätte sich das Proletariat unter Hitler nicht schon genügend kompromittiert), ihm seiner alibihaft-fortschrittlichen Texte wegen eine kritisch-weltverbessernde Funktion andichten und darüberhinaus die Analyse der völlig unzulänglichen Materialgrundlage mit dem Argument beiseitefegen, fürs Verständnis dieser Musik sei diese Musik allein nicht ausreichend, sondern es gehöre die sogenannte Performance hinzu, id est der Anblick vierer präpotenter, in karnevaleske Glitzerfummel gekleideter Männer, die auf der Bühne herumhampeln, als könnten sie ihren Harn nicht halten, was für den weiblichen Teil ihres Publikums bereits empirisch belegt ist, nämlich junge Mädchen, deren Schließmuskel zu funktionieren aufhört, während sie wie Goebbels Claqueure im Sportpalast ekstatisch zu schreien beginnen und noch bevor sie in Ohnmacht fallen angesichts der unbedarften, hilflos auf der Bühne herumagierenden Musikanten..."

„Jetzt muß ich wirklich unterbrechen, Herr Negroni. Sie haben zuviel auf einmal gesagt, und ich muß widersprechen. Können Sie überhaupt länger als drei Minuten reden, ohne mit einem Nazi-Vergleich zu kommen? In puncto Erfüllung des Godwin'schen Gesetzes brechen Sie alle Rekorde. Und dann: Ihr idiosynkratisches Verhältnis zur Wiederholung – ich glaube, Sie schätzen das Phänomen der Wiederholung gerade im Bereich des kreativen Arbeitens falsch ein. Wiederholung strukturiert den Lebensalltag. Wer Syllabub zubereitet, muß eine bestimmte Armbewegung wiederholen, bis das gewünschte Ergebnis eingetreten ist. Wiederholung erzeugt Konsistenz – diese Notwendigkeit repetitiven Handelns kennt jeder, der schon einmal Schaum geschlagen hat..."

„Was ich Ihnen sofort glaube", unterbrach Waldmann.

Klondike fuhr ungerührt fort: „Ich möchte noch einmal auf den Begriff der Hermetik zurückkommen, auf die Fatalität, die ihm zu eigen ist: Wenn wir uns um eine Hermeneutik der Hermetik bemühen, so fällt doch auf, daß die agoraphobisch-elitäre Kommunikationsverweigerung schon im Begriff steckt: Hermetik als Verschlossensein. Ich habe da eine andere Philosophie. Schiller sagt: ‚Komm ins Offene!' Als Künstler oder Philosoph ist man in der Dienstleistungsgesellschaft ein Dienstleister wie jeder andere auch, und Dienst kann nur während der Öffnungszeiten stattfinden. Meine Philosophie ist die Kundenzufriedenheit, und zufrieden ist ein Kunde nur, wenn man für seine Bedürfnisse offen ist. Der Kommunismus hat die Welt bloß verändert; es kommt aber darauf an, sie zu öffnen. Das Wichtigste in der global vernetzten Welt ist die Öffnung der Kulturen zueinander. Die Globen in ihrer Dualität verbergen die Öffnung, die zwischen ihnen liegt; evolutionstechnisch betrachtet, ist das ein Rückschritt, wenn man den Homo erectus mit den Primaten vergleicht. Und darum betrachte ich es als mein vorrangiges Ziel, diese Öffnung..."

„...zu sein", ergänzte Waldmann.

Klondike brauchte einen Moment, um die Pointe zu verstehen, und erklärte dann gelassen: „Nein. Das nehmen Sie zurück."
    „Mach ich nicht", sagte Waldmann.
    „Doch, Sie werden es tun – um nämlich einen Ehrbeleidigungsprozeß zu vermeiden."
    „Na schön, ich nehm's zurück", sprach Waldmann feierlich. „Meine Äußerung war diskriminierend. Ich entschuldige mich bei allen Arschlöchern."

Da tauchten zwei Bodyguards auf und geleiteten Waldmann hinaus.

Der Ausrutscher

Eine der merkwürdigsten Episoden in seinem Leben war die kurze – und von allen, die ihn kannten, für unmöglich gehaltene – Liaison Waldmanns mit einem popkulturellen Phänomen: dem Punk. Punk war eine Rückkehr zum archaischen Rock 'n' Roll, schnell, laut und schlecht gespielt, ein Produkt der Hippiegesellschaft und zugleich die Abkehr von ihr, Abkehr vom bourgeoisen Habitus der einstigen Haschrebellen, ein Aufstand gegen die ehemals Aufständischen.

Mit ungläubigem Staunen hörte Waldmann die Musik von ‚Siouxsie and the Banshees' oder ‚The Clash', sah Photographien britischer Punks und stellte fest, daß er, mit seinem wirren kurzgeschnittenen Haar und den zerknitterten grauen Anzügen, schon immer ein Punk gewesen war, dessen Abscheu vor seiner Generation plötzlich von jungen Leuten formuliert wurde: Vergast alle Hippies! Amüsiert stellte er fest, daß es zwischen der von ihm geliebten Musik und dem Punk eine Affinität gab: Auch Webern kam oft nur mit drei Akkorden aus.

Es war eine kurze Liaison, aber sie reichte aus, um eine der skurrilsten deutschen Punkbands ins Leben zu rufen: die Gruppe ‚Handkäs mit Musik', die ihren ersten und einzigen Auftritt 1980 in der Frankfurter ‚Batschkapp' hatte. Um 21.00 Uhr erschienen Waldmann und seine Mitstreiter auf der Bühne. Sie ließen ein Tonband laufen, auf dem Waldmanns Klaviermusik zu hören war, kombiniert mit Schlagzeugexplosionen, Stromgitarren-Gejaule und dem Krächzen einer kaum als menschlich zu erkennenden Stimme. Die vier Musiker setzten sich an einen Tisch und aßen den Handkäse, während im Hintergrund ihre Musik lief.

Der Auftritt wurde leider vorzeitig beendet, durch eine Horde besoffener Gröhl-Punks, denen die Performance zu langweilig und die Musik zu anstrengend war.

Flucht

Er verließ seine Wohnung, die schwarze Aktentasche unterm Arm. Ein Radfahrer bedrängte ihn auf dem Bürgersteig und fuhr weiter.

Waldmann blieb stehen und dachte nach. Er wollte die Straßenseite wechseln, hin zu einem Sonnenfleck auf der gegenüberliegenden Häuserwand. Aber der Strom vorbeifahrender Autos verwehrte es ihm. Er suchte nach einer Möglichkeit, die Straße zu überqueren, lief dann, ohne es zu merken, nur noch geradeaus, die Mainzer Landstraße entlang, übersah Ampeln und Zebrastreifen, die ihm eine Kurskorrektur erlaubt hätten, und floh aus der Stadt, bis er nach einer guten Stunde den Moloch hinter sich gelassen hatte, auf Feldwegen übers Land und durch Kleinstädte hindurch in den Taunus gelangte und erst auf dessen dritthöchstem Berg, dem Altkönig, zur Ruhe kam.

Hier hatte er die Sonne selbst vor Augen. Er setzte sich auf den Boden, an einen Baum gelehnt, und betrachtete den Himmel, die Bäume um sich herum, und mit einem Mal nahm er die Intensität der Vogelrufe wahr. Er öffnete die Aktentasche und holte einen Apfel und ein Taschenmesser heraus, um den Apfel zu zerschneiden. Da sprang ein Eichhörnchen auf seinen Schoß, verweilte kurz und hüpfte dann hinüber in den nächsten Baum. Waldmann zerteilte den Apfel in kleinere Stücke. Da sprang das Eichhörnchen zurück auf seinen Schoß, nahm sich ein Stück des Apfels und verschwand.

Waldmann stand auf und sah in der Ferne den Moloch liegen: Frankfurt, die Prunkbauten der großen Banken und Versicherungsfirmen. Er sah die glitzernde Stadt im gleißenden Sonnenlicht zerschmelzen und hatte eine Vision ihres Untergangs.

Dann machte er sich auf den Weg zurück, tief in Gedanken versunken. An einer Lichtung hielt er inne und hob den Kopf, als hätte ihn jemand angesprochen. Er blickte um sich herum und sah auf einem Baum, drei oder vier Meter entfernt, einen kleinen Vogel sitzen, der ihn fixierte. Waldmann holte eine Brotdose aus seiner Aktentasche, legte ein paar Brotkrümel in seine rechte Hand und streckte den Arm aus. Der Vogel kam herbeigeflogen, pickte sich im Flug einen Krümel und verschwand.

Waldmann ging weiter den Berg hinunter, vorbei an einem Klinikgelände und an einer Kaserne, unter seinen Füßen wieder Teer und Beton. Im Vorgarten eines Wohnhauses sprang ein Hund auf ihn zu und bellte wütend. Waldmann öffnete seine Brotdose, um die Apfelreste und das Brot zu essen. Er wartete auf den Zug, der ihn nach Frankfurt zurückbringen sollte.

Das goldene Zeitalter

Er bewarb sich bei der Post und war zunächst im Innendienst tätig. Er half beim frühmorgendlichen Sortieren der Briefe, von einem Kapo bewacht, der seine Untergebenen aus Angst vor bezahltem Müßiggang bis auf die Toiletten verfolgte.

Ein paar Monate darauf konnte Waldmann in den Aussendienst wechseln. Er bekam Uniform und Fahrrad gestellt und fuhr nun jeden Tag durchs Nordend, wo er Briefe in Briefkästen stopfte, durch Türschlitze in die Hauseingänge warf und dabei folgende Melodie vor sich hinpfiff:

auf daß erfüllet würde, was gesagt ist durch Anton Webern: ‚Eines Tages wird der Briefträger meine Melodien pfeifen'.

Die schwarze Messe

Er wurde als Referent zur Tagung einer Katholischen Akademie eingeladen und lernte dort Mollberg kennen, einen Schriftsteller, den er schätzte. Sie verstanden sich gut, und ihr abendliches Gespräch war so erfüllend, daß Waldmann Interesse bekundete, am nächsten Tag an der Messe teilzunehmen. Mollberg wurde unruhig, konnte aber seinem Gesprächspartner schlecht davon abraten. Also nahm das Verhängnis seinen Lauf.

Waldmann kannte ja nichts als die Heilige Messe im alten Ritus, mit der Zelebrationsrichtung zum Altar hin, dem lateinischen Meßtext, viel Weihrauch, Licht und gregorianischem Gesang, kurz: das vorkonziliare Gesamtkunstwerk, wie es ihm aus seiner Kindheit vertraut war, und staunte nicht schlecht, als er jetzt die Kirche betrat. Männer und Frauen saßen beieinander, in Alltagskleidung, wie auf einer studentischen Vollversammlung, und zwischen den Gängen tobten schreiend ein paar Kinder.

Vorne am Altar standen, von zwei Meßdienerinnen flankiert, der Priester, eine exotisch gekleidete Pastoralreferentin und ein dickbäuchiger, grimmig dreinblickender Mann, dessen schwarze Kunstlederjacke wie ein Panzer aussah. Sie wendeten sich der Gemeinde zu. Das Wort führte die in eine Art Sarong gekleidete Pastoralreferentin. Sie begrüßte die Anwesenden mit heiteren Kommentaren zum Wetter, zur Weltlage und zu ihrer Befindlichkeit, ehe der Priester ein paar liturgisch relevante Sätze sprach. Dann fiel ihm die Pastoralreferentin ins Wort und steigerte sich in einen wahren Paroxysmus guter Laune hinein.

Waldmann löste sich nur allmählich aus seiner Schockstarre und wollte Mollberg etwas zuflüstern. Da setzte die neben dem Altar postierte Rockband ein, bestehend aus Gitarre, Keyboard und Schlagzeug. Nach vier Takten kam ein quietschendes Blockflötensolo hinzu, und dann der Gesang eines Mädchens, das – mit dem Mikrophon in der Hand – zwischen Altar und Taufbecken hin – und hertänzelnd, einen Viertelton zu tief sang und dabei folgenden Text von sich gab:

> Kommt alle mit, ER läd euch ein,
> wir feiern heut ein Fest!
> Wir dürfen alle glücklich sein
> und bau'n uns hier ein Nest.
> Reich gedeckt ist schon der Tisch,
> das Buch liegt auf dem Ambo;
> wir alle sind erfinderisch
> und machen Rambo Zambo.
>
> Macht alle mit, denn ER hört so gern
> Ramba Zamba im Namen des HErrn!

Es folgten noch weitere Strophen, und das Unheimlichste war, daß einige Meßbesucher im Rhythmus zu dieser Musik in die Hände klatschten.

Die Predigt übernahm der wohlgenährte, grimmig dreinblickende Herr. Er baute sich vor der Gemeinde auf – ein Altar-Achtundsechziger –, und ließ keinen Begriff aus der Phraseologie des Gutmenschen unerwähnt. Seine Predigt schloß mit den Worten: „ER ist in unserer Mitte, der Erlöser, der uns vom Großkapital und vom

Domkapitel befreit. Von den Hochplateaus der Anden über die Weiten Afrikas bis in unsere Städte hinein hofft der zur Ware degradierte Mensch auf den wahren Menschen, der nur dann Gott ist, wenn er als wahrer Mensch die Menschheit zur Menschlichkeit befreit."

Voller Ingrimm verließ der Lederjackenmann die Szenerie; für die nachfolgende Kommunionfeier war er sich zu schade. Die Sacro-Pop-Band spielte ein instrumentales Zwischenspiel; dann traten ihre Mitglieder zum Altar und nuschelten Fürbitten ins Mikrophon:

„Schenke den Irrenden Einsicht, daß sie ihre Situation erkennen und die richtigen Schlüsse ziehen."

„Gib den Verzagten die Einsicht, daß sie glücklich sein könnten."

„Schenke den Sprechenden das Vermögen zu erkennen, daß sie den Mut haben, die richtigen Worte für den Ausdruck ihrer Hoffnung zu finden."

„Laß uns das neue geistliche Lied gutfinden."

Da platzte es aus Waldmann heraus. Er stürmte nach vorn, setzte sich ans Keyboard, spielte die Melodie des Eingangsliedes und improvisierte dazu folgenden Text:

> Stimmt die Gitarre – oder auch nicht, es reicht
> der gute Wille;
> haut ins Schlagzeug, drescht in die Tasten,
> das vertreibt die Stille.
> Wippt mit euren Füßen dazu,
> das sieht so locker aus,
> und singt die coolen Texte mit,
> dann swingt das Gotteshaus.
>
> Und swingt alle mit! Denn ihr hört so gern
> Ramba Zamba im Namen des HErrn.

Die Gemeinde war ganz begeistert und fing wieder an, im Rhythmus mitzuklatschen. Auch die Pastoralreferentin freute sich. Offenbar niemand hörte auf den Text. Erst bei der nächsten Strophe gab es Irritationen:

> Worum es geht, das ist einerlei,
> klatscht dazu in die Hände;
> seid ihr glücklich und fühlt euch frei,
> dann wackeln die Kirchenwände.
> Wie lange wird ER das ertragen?
> Bereitet es keinen Verdruß?
> Irgendwann platzt IHM der Kragen,
> und ER macht mit alledem Schluß.
>
> Und dann habt IHN alle gern –
> mit eurem Ramba Zamba im Namen des HErrn.

Und nachdem Waldmann die Strophe beendet hatte, stürzte er – wie von Dämonen besessen – zur Kirche hinaus.

Der Höllensturz

Frühmorgens, nach dem Erwachen, stellte er das Radio an. Aus dem Radio fuhr ihm, als Introduktion zur Nachrichtensendung, eine kinotaugliche Fanfare entgegen. Er erschrak und dachte: Jetzt wird der Weltuntergang schon von einem Jingle begleitet. Es fehlt nur der Sponsorenhinweis.

Er wollte mit einem Sachbearbeiter seiner Krankenkasse sprechen, wählte die Nummer und bekam Kuschelrock zu hören – Warteschleifenmusik. Hin und wieder sprach eine Animateusenstimme dazwischen und erklärte, daß der nächste freie Mitarbeiter für ihn da sei. Es war die Stimme einer jungen Frau, die in einem Tonfall sprach, als ob sie selbst gleich Zeit für ihn hätte.

Er legte auf und ging zum Computer. Ein gänzlich unbekannter Absender hatte ihm über Nacht geschrieben: ‚Herzlichen Glückwunsch! Vereinigten Königreich Lottery Inc. informiert Sie hiermit über die Ergebnisse aus dem Stimmzettel Lotterie internationales Programm. Ihre E-Mail-Konto hat als einer der Gewinner für das Preisgeld von $450,000.00 gewählt wurde. Alle E-Mail-Adressen hat der Europäischen Bevölkerung und Internet Nutzer die Daten Banken von ganz Europa ausgewählt. Dies ist Teil der unserem Sicherheitsprotokoll zu verdoppeln behaupten und ungerechtfertigten Missbrauch von diesem Programm durch Schwindel vermeiden. Sie muss Ihr Einkommen spätestens...'

Er löschte die Nachricht, warf ein paar Begriffe in die Suchmaschine und klickte auf den ersten Beitrag. Über den Text, den er lesen wollte, schob sich Werbung. Er klickte die Werbung hinweg, mit dem Ergebnis, daß nicht der Text, sondern die Werbung den Bildschirm ausfüllte. Er klickte die Werbung hinweg, woraufhin sich ein Pop-up-Fenster öffnete. Er klickte das Pop-up-Fenster hinweg, und zwei weitere Pop-up-Fenster öffneten sich. Dann fror das Bild auf dem Bildschirm ein.

Wütend ließ er den Computer abstürzen, nahm seinen Mantel und verließ die Wohnung. Vor ihm auf der Strasse hielt ein Taxi. Aus dem Wageninneren drangen synthetisches Händeklatschen und die angloamerikanische Quäkestimme. Er betrachtete die Abbildung einer nackten, von der Litfaßsäule zusätzlich gerundeten Frau und fragte sich, für welche Art von Kleidungsstück sie Werbung machte. Ein Mann kam ihm entgegen, der laut vor sich hinbrüllte, mit den Armen in der Luft herumfuchtelnd, wie von einem wilden Schmerz gepackt, und Waldmann entschloß sich, ihm zu helfen. Er ging auf ihn zu und bemerkte viel zu spät, daß der Mann einfach nur telephonierte.

Um sich von seinem Schrecken zu erholen, betrat Waldmann das nächstbeste Café. Er wartete ein Viertelstunde lang auf den Kellner, stand wütend auf und merkte erst beim Hinausgehen, daß er sich in einem Selbstbedienungslokal befand.

In der Universitätsbibliothek erklärte ein junger Schnösel, daß der gewünschte Band auch per Fernleihe nicht zu bekommen sei. Waldmann replizierte, daß er dann gerne die vorab entrichtete Leihgebühr zurückerhalten wolle.

„Das geht nicht", erklärte der Schnösel. „Die Gebühr ist für den Bearbeitungsaufwand."

„Der Bearbeitungsaufwand für ein Buch, das nicht zu

bekommen ist?", fragte Waldmann. Aber plötzlich war Musik zu hören; eine Stimme sang: ‚Baby, don't touch me'; der junge Mann griff zu seinem Mobiltelephon und sagte: „Hi! Du, ich bin noch am Arbeiten..."

Zornbebend stürmte Waldmann hinaus und wurde von drei Männern in die Zange genommen, die ihn um seine Unterschrift für irgendetwas baten. Er verschaffte sich Platz und lief die Treppe zur U-Bahn hinunter. Er warf ein paar Münzen in den Automaten und wartete. Dann drückte er eine Taste, um sein Geld zurückzubekommen. Der Automat gab weder Geld noch Fahrschein von sich. Waldmanns Nervenkostüm war nicht stark genug, um die Ausschüttung weiterer Streßhormone zu ertragen. Er verzichtete aufs Schwarzfahren und ging zum Hauptbahnhof. Mit einer in der Bahnhofsbuchhandlung erworbenen Zeitschrift unterm Arm trat er zum nächsten, diesmal funktionstüchtigen Fahrscheinautomaten.

Auf dem Bahnsteig lungerten ein paar junge Männer herum und stritten sich über die Frage, wieviel Punkte man für den höchsten Level in einem Computerspiel brauchte.

Er besuchte ein Symphoniekonzert in der Alten Oper. Hinter ihm saßen die Herren Appel und Peba vom ‚Frankfurter Wirtschaftsblatt', und er hatte das zweifelhafte Glück, ihre Kommentare zu hören.

Das ‚Ensemble Modern' kam herein, und Appel sagte: „Nun sieh Dir diese schwankenden Gestalten an. Ohne Saft, ohne Kraft, aber die Haare lang!"

Als die Instrumente gestimmt wurden, brummte Peba: „Hört sich an wie fernes Donnergrollen."

Nach dem ersten Stück sagte Appel: „Ist nicht gerade ein Schlummerlied."

Und Peba bestätigte: „Krachmaninoff."

„Meine Herren", fauchte Waldmann. „Ist das der Stil Ihres außerirdischen Intelligenzblattes?"

„Wer sind Sie, und was wollen Sie und warum?", fragte Appel, und Peba sagte: „Irgendetwas rät mir, unverzüglich den Rückzug anzutreten."

Sie dachten aber gar nicht daran, den Rückzug anzutreten, sondern blödelten weiter. Waldmann stand auf und verließ das Konzert vorzeitig, erbost von den banausischen Kommentaren.

Am nächsten Morgen stellte er das Radio an und wartete schon mit der nötigen Angstbereitschaft auf die Fanfare. Erstaunlicherweise begann die Nachrichtensendung ohne Musik.

Dann unternahm Waldmann einen zweiten Versuch, mit seiner Krankenkasse zu telephonieren. Er wählte die Nummer und bekam Chopins Trauermarsch zu hören, unterbrochen von einer sonoren Männerstimme, die nach seinen Wünschen fragte. Er konnte mit dem zuständigen Sachbearbeiter sprechen, und sein Problem war im Nu gelöst.

Er setzte sich an den Computer, rief das Mail-Programm auf und sah einen Hinweis: ‚...‚Alexandria' ist eine Datenbank, die ihren Nutzern Raritäten der Weltliteratur und der Musik zur Verfügung stellt, in textkritischen Ausgaben und im Faksimile, sachgerecht kommentiert und mit Anmerkungen versehen...' Er ging auf die betreffende Seite, ließ sich als Benutzer registrieren und vertiefte sich in die Lektüre von Schrekers ‚Gezeichneten'. Es wechselte zwischen der faksimilierten Originalhandschrift, dem Erstdruck und der Neuausgabe hin und her. Er konnte sogar Details anklicken. Ein Pop-up-Fenster gab textkritische Erläuterungen. Er vergaß Raum und Zeit.

Ein lautes Magenknurren erinnerte ihn an die elementaren Bedürfnisse seines Körpers. Er stand auf und verließ die Wohnung. Auf der Straße gingen lauter wohlgesittete Menschen an ihm vorüber, schweigend oder in gedämpftem Tonfall miteinander redend. Die Frauen trugen Kleider oder Röcke und Blusen, außerdem normales Schuhwerk mit flachen Absätzen. Das Sonnenlicht umgab sie mit einem hellen Glanz.

Waldmann ging ins Café. Sofort war eine Bedienung zur Stelle und fragte nach seinen Wünschen.

„Lucia!", entfuhr es ihm, als er in das Gesicht der Kellnerin blickte.

„Philipp!", rief Lucia und lächelte ihn freundlich an.

„Du arbeitest hier?"

„Ich verdiene mir ein Zubrot. Von meiner Kunst allein kann ich nicht leben."

Sie kamen ins Gespräch, und Lucia lud ihn zu ihrer abendlichen Vernissage ein.

Als er das Café verließ, hielt vor ihm auf der Straße ein Taxi. Aus dem Wageninnern ertönten die ‚Wesendonck-Lieder'.

In der U Bahn-Station standen drei Herren beieinander, in graue Anzüge und weiße Hemden gekleidet, debattierten über die ‚Studien zum autoritären Charakter' und stritten sich über den höchsten Punktestand auf der F-Skala.

Eine Musik- und Bewegungsimprovisation eröffnete die Vernissage. Zwei Musikerinnen erzeugten mit Akkordeon und Schlagzeug einen Höllenlärm. Eine schwarzgekleidete Tänzerin fiel die Umstehenden an; wer nicht schnell genug auswich, den riß sie zu Boden. An den Wänden funkelten Collagen – aus lauter kleinen Glasscherben zusammengesetzte Mosaike.

Im Hintergrund hörte Waldmann zwei vertraute Stimmen.

„Das nehme ich nicht hin. Ich räche mich", sagte Appel.

„Und meine Rache wird furchtbar sein!", erklärte Peba.

„Schnauze!", zischte Waldmann.

„Liebe Freunde", sagte Lucia, als die Improvisation beendet war, und hakte sich bei Appel und bei Waldmann unter. „Wollt Ihr Euch nicht vertragen?"

„Von wem war die Musik?", erkundigte sich Waldmann. „Es gab darin verkrüppelte Symmetrien, die mich an Feldman erinnert haben."

„Feldman?", fragte Lucia mit säuerlichem Gesichtsausdruck. „Das ist doch Musikantenstadl. Strukturell armselig – und sofort durchhörbar. Die einzige Musik, die heute noch zählt, ist komplexistisch."

„Eine simple Erkenntnis...", sagte Appel, und Peba ergänzte: „...aber sie trifft den Nagel auf den Kopf."

„Komplexistisch?", fragte Waldmann. „Was für ein Wortungetüm! Und was für eine Ideologie! Es ist doch banausisch zu glauben, aus der hemmungslosen Addition musikalischer Schichten ergäbe sich der gesteigerte Sinn wie von selbst. Komponisten wie Berg oder Ives vermitteln dem Hörer wenigstens ein Gespür für seine Überforderung und locken ihn damit, in die Vielschichtigkeit ihrer Musik einzudringen. Bei einem unkontrollierten, nicht ausgehörten Zuviel an Komplexität kommt das Gegenteil heraus: Beliebigkeit, Langeweile."

„Du hast keine Ahnung", rief Lucia empört. „Ives – Berg – das ist doch Opas Plattenschrank. Kennst Du überhaupt die Musik, von der ich rede? Warst Du gestern im Konservatorium? Da wurde ‚Rhizinom' gespielt, von Carl-Maria Larmknopf, dem Meister der expressivistischsten und komplexistischsten Poly-Werke der zweiten Moderne..."

„Das Problem ist zu schwierig für einen einzelnen Mann", sagte Appel.

„Das ist amtlich", fügte Peba hinzu.

Und gemeinsam führten sie Lucia vor Waldmanns Augen hinweg.

„Lucia!", rief Waldmann verzweifelt, und die Heftigkeit der Empfindung ließ ihn erwachen. Er hatte schlecht geträumt.

Gutenachtgeschichten

Eines Abends hörte er Geräusche vor seiner Wohnungstür. Dann klingelte es. Er öffnete, und eine junge Frau stand im Türrahmen, die er schon ein paar Mal im Treppenhaus gesehen hatte. Sie wohnte mit ihrem Sohn in der Etage unter ihm.

„Mein Babysitter hat mich im Stich gelassen", erklärte die junge Frau. „Ich muß zum Elternabend. Könnten Sie auf meinen Nepomuk aufpassen?"

„Leider habe ich mit Kindern wenig Erfahrung", sagte er.

„Er geht gleich zu Bett. Es soll nur jemand da sein, damit er nicht allein ist."

Er nickte und holte sich ein Buch. Als er hinunterging, sprang ihm ein lebenslustiges Kind entgegen, führte ihn stolz durch die Wohnung und präsentierte die Schätze in seinem Kinderzimmer: Märchenbücher, Spielzeug und Stofftiere, die alle einen Namen hatten.

„Siehst Du, daß ich kein Kriegsspielzeug habe?", fragte das Kind mit einem gewissen Triumph in der Stimme.

„Oh! Das ist gut", sagte Waldmann.

Nachdem sich die Mutter verabschiedet hatte, ging das Kind zwar zu Bett, mit einem großen Stoffbären im Arm, aber es dachte nicht daran einzuschlafen.

„Du mußt mir eine Geschichte erzählen", sprach Nepomuk.

„Vielleicht ist es besser, wenn ich Dir etwas vorlese – aus einem Deiner Märchenbücher?"

„Das geht nicht", erklärte das Kind. „Es muß dunkel

sein. Dann erzählt Mama mir eine Gutenachtgeschichte. Sonst kann ich nicht einschlafen."

Also löschte Waldmann das Licht, setzte sich vor das Kinderbett auf den Boden und durchstöberte seinen Kopf nach einer Gutenachtgeschichte.

„Geht's jetzt los?", fragte das Kind.

„Gleich", sagte Waldmann. „Es war einmal ein Königreich, in dem alles verkehrt lief. Der König trug zwar eine Krone, hatte aber wenig Macht, und das bischen Macht, das er besaß, nutzte er nicht für, sondern gegen sein Volk. Die Macht in diesem Königreich hatten Geldwechsler und Kaufleute, und das meiste Geld verdienten sie mit dem Verkauf von Kriegsspielzeug.

Und die einfachen Bürger in dem Königreich waren seltsame Menschen, die über diese Zusammenhänge nicht nachdachten, sondern sich billigen Vergnügungen hingaben. Und es gab Narren, die von der Vergnügungssucht dieser Menschen lebten – gemeingefährliche Narren, und sie nutzten die Verwirrtheit der Menschen aus und förderten sie zugleich."

„Wie?", fragte das Kind.

„Durch Zeitungen, die das Blaue vom Himmel herunterlogen, um die Menschen gegeneinander aufzuhetzen. Durch schlechte Musik und Lügengeschichten in den Büchern..."

„Erzähl mir von diesen Narren", sagte das Kind.

„Zum Beispiel: Gaby Großmann – ein Dichter. Großmann war besessen von der Idee, daß er größer wäre als seine Umgebung und daß er allen befehlen dürfte, wohin sie gehen sollten: nach rechts oder nach links, vorwärts oder rückwärts. Und er wollte dafür gelobt werden, daß er sie herumkommandierte. Aber die Leute kümmerten sich nicht um ihn. Da wurde er wütend und sprach:

‚Ich muß größer sein, damit ich von den Menschen gesehen werde und sie tun, was ich ihnen sage.'

Und er stellte sich auf eine Seifenkiste im Park, und von dort aus krähte er die Leute an und wollte herumkommandieren. Aber niemand hörte ihn. Da holte er sich eine zweite Seifenkiste, stellte sie auf die erste, krabbelte hinauf und krähte die Leute an, und niemand achtete auf ihn. Also stellte er die dritte Kiste auf die zweite undsoweiter – wobei man hinzufügen muß: Die übereinandergestapelten Kisten wurden immer kleiner. Und das Schlimmste: Der aus ihnen zusammengestellte Turm war instabil. Er neigte nach rechts, und je höher er wuchs, desto auffälliger wurde diese Neigung.

Die Umstehenden waren besogt und sprachen:

‚Wir sollten wenigstens seine akrobatische Leistung bewundern.'

Und sie lobten ihn und sprachen: ‚Das hast Du fein gemacht!', und weil er schon ganz umwölkt war, gaben sie ihm den Nebelpreis. Aber das reizte ihn noch mehr, und er hörte nicht auf, von oben herab zu toben und zu schreien.

Eines Tages machte die Schwerkraft von ihrem Mitspracherecht Gebrauch. Der Turm kippte um, die Kisten polterten herunter, und da lag Großmann nun mit zerknautschtem Seehundsbart keifend zwischen den Trümmern seines Lebenswerks."

„In dem Königreich gab es auch einen Rechenkünstler namens Pietro Pallino. Schon als Kind liebte er Zahlen und numerierte alles, was ihm vor die Augen kam. Seine Stofftiere hatten keine Namen, sondern waren durchnumeriert, und am liebsten spielte er mit ihnen Zählappell. Jeder mußte warten, bis er an die Reihe kam. Darum hatte er auch keine Freunde unter den Nachbarkindern – sie waren noch nicht an der Reihe.

Man sagte ihm eine große Zukunft als Zahlengenie voraus. Tatsächlich lernte er bei den größten Rechenkünstlern seiner Zeit oder studierte aus ihren Büchern und wollte sich einen Namen machen. Aber dafür braucht man Zeit und Geduld, und daran mangelte es Pietro. Nun kann man auch durch eine schändliche Tat berühmt werden. Das geht sogar viel schneller. Man kann zum Beispiel einen Tempel anzünden, wie es jemand in der Antike getan hat."

„Wer?", fragte das Kind.

„Eigentlich sollte man das nicht sagen. Aber weil Du fragst: Er hieß Herostratos."

„Herr Rostratos?"

„Genau. Bei Pietro Pallino geschah Folgendes: Ein berühmter Zahlenkünstler war gestorben, und alle, die bei ihm gelernt hatten, wurden zur Trauerfeier eingeladen. Die Trauergäste gaben dem Verstorbenen die letzte Ehre, bis auf Pallino – der stellte sich ans Grab und spukte auf den Sarg. Zorn und Abscheu waren die Reaktionen. Aber genau das hatte der Berechenkünstler geplant: maximale Aufmerksamkeit."

„Das ist nicht lustig, was Du erzählst", sagte Nepomuk.

„Nein, lustig ist es nicht."

„Ich möchte aber eine lustige Geschichte hören."

„Naja, vielleicht ist das Ende ganz lustig: Nachdem er sich einen Namen gemacht hatte, verlor Pallino das Interesse an der Zahlenkunst. Er hat nichts mehr geforscht und nichts mehr veröffentlicht – nur noch ein paar Rechenaufgaben aus seiner Kindheit."

„Und da gab es einen Lumpensammler namens Jonas Prinzhorn. Der zog von Dorf zu Dorf, bimmelte mit dem Glöckchen und rief: ‚Lumpen... Alteisen...'

Und dann kamen Leute auf die Straße und verkauften ihm die unverwertbaren Reste ihres Hausrats. Es waren aber schlechte Zeiten, und der Lumpensammler wurde den Krempel nicht wieder los. Langsam erstickte er in dem Zeug, das sich um ihn herum gestapelt hatte. Und er wollte schier verzagen, weil er keine Aussicht auf ein Überleben sah, so schlecht ging es ihm.

Da trat eine gute Fee an ihn heran und sprach: ‚Verzage nicht, Du armes Menschenkind. Verkauf den Krempel einfach an die Leute zurück.'

‚Aber wie?', fragte der ungläubige Jonas. ‚Womit soll ich die Leute beschwatzen, daß sie den Schrott zurücknehmen und mir sogar noch Geld dafür geben?'

‚Denk an den Heiligen Joseph', sagte die Fee. ‚Du mußt es ihnen als Kunst verkaufen.'

‚Aber das werden mir die Leute doch nie abnehmen!', schrie Jonas verzweifelt.

‚Mach daraus ein Rätselspiel', sprach die Fee. ‚Stell ein paar Sachen zusammen, egal was. Gib dem Ganzen einen verrückten Namen und schick noch ein paar gewundene Erklärungen hinterher. Glaub mir, die Leute werden bezahlen, um einen Sinn darin zu finden.'

Gesagt – getan. Der Lumpensammler wurde den ganzen Schrott wieder los und bekam sogar mehr Knete zurück, als er ausgegeben hatte. Er wurde so berühmt, daß der Doge von Venedig nach ihm schicken ließ. Er verwirklichte sogar den alten Traum der völligen Verschmelzung von Kunst und Leben; eine seiner Installationen wurde nämlich aus Versehen von der Müllabfuhr entsorgt. Das fand Prinzhorn aber gar nicht lustig. Er verklagte die Stadt, deren Angestellten das Mißgeschick passiert war, und kassierte ein hübsches Sümmchen als Schadensersatz."

„Und was machte er, nachdem er alles verkauft hatte?"
„Er wurde Kunstlehrer."

„Und da gab es Paul den Wirrkopf – ein Mann, dem die Gedanken so ungefiltert durch den Kopf jagten, daß er keinen vernünftigen Satz hervorbringen konnte. Seine Eltern und Freunde versuchten, ihm zu helfen. Aber das war nutzlos. Er brabbelte wirklich nur Unfug, und es gab nichts, woraus man hätte schlau werden können.

Er litt selbst darunter und ging in ein Kloster, von dem er gehört hatte, daß man dort etwas lernen könne. Aber da kam er vom Regen in die Traufe. Der Abt in diesem Kloster war nämlich der größte Wirrkopf von allen und hielt die Abwesenheit jeden Gedankens für einen segensreichen Zustand.

Paul kehrte also geheilt in seine Heimat zurück. Er war immer noch denkunfähig, aber das machte ihm nichts mehr aus. Im Gegenteil: Er plapperte irgendwelchen Quatsch nach, den er aufgeschnappt hatte, und fand begeisterte Zuhörer. Wer nämlich einen Irrsinn nur konsequent genug verfolgt, findet irgendwann Leute, die ihn ernstnehmen. Er behauptete also, daß die Erde eine Scheibe sei, der Mond ein Stück Käse, seine Spiegelung im Wasser ein Klumpen Gold, und daß man Menschen züchten könne wie Hunderassen. Deswegen hieß er auch ‚Klondike'.

Er klaubte sich Ideen zusammen, hier eine Spruchweisheit, dort einen Merksatz, und rief dann:

‚Wer andern eine Grube gräbt, der sollte nicht selbst im Glashaus sitzen.'

Oder: ‚Aufklärung als Massenbetrug ist der Ausgang des Menschen aus seiner selbstverschuldeten Unmündigkeit'."

„Wie bitte?", fragte das Kind.

„Er bekam sogar seine eigene Fernsehshow, in der er nichts anderes tun mußte, als Sätze zu verdrehen. Und wenn er nicht durch Selbsterkenntnis verdorben wird, so tut er das noch heute."

„Und draußen vor der Hauptstadt des Königreichs, in einer finsteren Höhle, lebte der Drache Peter Schlingenfels. Alles, was er verschlang, verwandelte sich in seinem Körper. Da konnte etwas im Original noch so schön gewesen sein – wenn es durch Schlingenfels hindurchgegangen war, blieb davon nichts übrig als ein Riesenhaufen Scheiße. Der Appetit dieses Drachens war leider enorm – und entsprechend groß waren die Kackhaufen, die er hinterließ.

Die Stadtbewohner zogen vor seine Höhle und beschwerten sich.

‚Kannst Du Dir kein Drachenklo bauen?', fragten sie.

‚Warum?', fragte Schlingenfels.

‚Naja', sagten die Stadtbewohner. ‚Du weißt schon...'

‚Ihr müßt Eure Sehgewohnheiten ändern', erklärte Schlingenfels.

‚Wie bitte?', fragten die Stadtbewohner.

‚Ihr wollt sehen, was Ihr schon kennt: Berge, Täler, Flüsse, Seen. Meine Hinterlassenschaft ist dagegen etwas Neues, eine optische Bereicherung, gegen die Ihr Euch nicht sträuben solltet, zumal sie der angemessene Ausdruck unserer Zeit ist.'

‚Ach so!', sagten die Stadtbewohner. Es leuchtete ihnen zwar nicht ein, was der Drache gesagt hatte. Aber zeitgemäß wollten sie schon sein.

Kamen nun andere Leute zu Besuch, die sich über den Mist beschwerten, so staunten sie nicht schlecht, wenn die Stadtbewohner ihnen sagten:

‚Das ist das Spiegelbild unserer Zeit. Wir lassen Schlingenfels extra hier wohnen, damit er unsere Sehgewohnheiten ändert.'

Sie gingen so weit, dem Drachen die höchste Auszeichnung zu verleihen, die sie hatten: den großen Verdienstorden, den der König persönlich an den schuppigen Brustpanzer des Drachens heftete, verbunden mit einer langen Dankesrede. Und Schlingenfels war sich nicht zu schade, die Auszeichnung anzunehmen."

„Du erzählst komische Geschichten", sagte Nepomuk.

„Na, das will ich hoffen", antwortete Waldmann.

„Ich meine: Sie ist sonderbar, Deine Welt."

„Das ist nicht meine Welt", entgegnete Waldmann.

„Ich möchte, daß *einmal* eine Geschichte richtig gut ausgeht. Gibt es denn gar keine Rettung?", fragte das Kind.

„Doch", überlegte Waldmann. „Es gibt einen, der den ganzen Spuk beenden könnte."

„Wer?"

„Teddy."

„Mein Teddy?", fragte das Kind.

„Ja", antwortete Waldmann. „Super-Teddy kommt und macht allen den Garaus: dem König, den Kaufleuten, den Lügnern und Wirrköpfen. Mit der Macht seines Wortes läßt er sie alle vergehen..."

„Seines Wortes?"

„Und seiner Taten. Er trägt einen roten Umhang und ein blaues Kostüm mit einem großen ‚T' auf der Brust und kommt herabgeflogen und verkloppt sie alle.

Er wird sich offenbaren vom Himmel in Feuerflammen mit der Macht seiner Engel, Vergeltung zu üben an denen, die nicht gehorsam waren. Die Mächtigen werden erzittern vor ihm, und den Ohnmächtigen gibt er Kraft. Die geschändete Natur rettet er, und die Schönen Künste werden aufblühen unter seinem Schutz. Wenn er wiederkommt, werden vergehen Tausch und Täuschung, Dingwelt und Verdinglichung, Einbildung und Ausbildung, und alle Menschen werden gleich sein und dadurch in ihrer Gleichheit angstfrei verschieden sein können."

Aber die letzten Sätze hatte Waldmann schon ganz leise gesprochen. Nepomuk war eingeschlafen.

Der Weg ist das Ziel

Er betrat den Zug, in der rechten Hand seinen Koffer, in der linken die Fahrkarte mit dem Reservierungsschein, und kämpfte sich durch Menschenmassen, die ihm entgegenprallten, alle schwer bepackt, viele auch mit Karten in der Hand, auf der Suche nach dem richtigen Platz. Von hinten schob sich die gewaltbereite Menge nach vorn, von vorn drängte der wütende Mob in die Gegenrichtung. Koffer knallten Waldmann gegen die Knie, Rucksäcke schlugen ihm ins Gesicht. Von überallher ertönten Fragen und wenig hilfreiche Antworten, zornige Kommentare und dazwischen Babygebrüll.

Über ihren Köpfen erklang eine Lautsprecherstimme: „Wir bedauern, daß wegen eines Zugdefekts Ihre Sitzplatzreservierungsanzeigen zur Zeit nicht angezeigt werden können. Wegen Ihrer Fragen wenden Sie sich bitte an das Zugbegleitpersonal. We are sorry to tell you that the reservations for your seats are not visible at the moment. If you have questions please ask our train accompaniment personal."

Als Waldmann seinen Platz gefunden hatte, saß dort eine resolute Matrone, die ihm durch Körpersprache und Mimik zu verstehen gab, daß sie auf den eroberten Lebensraum nicht verzichten werde. Der Versuch einer gütlichen Einigung schug fehl, so daß Waldmann den Schaffner zu Hilfe rief, was von der älteren Dame mit einem Schwall an Flüchen quittiert wurde. Als Waldmann endlich Platz genommen hatte, staunte er nicht schlecht, seinerseits von einem wütenden Mann angeraunzt zu werden, der – mit der Reservierungskarte in der Hand – den Platz für sich beanspruchte; ein seltener Fall von Doppelreservierung. Waldmann stand auf, um das Problem wieder mit offizieller Hilfe zu lösen. Da ließ sich der aggressive Fahrgast nieder und gab das erkämpfte Terrain nicht mehr frei. Waldmann bat den Schaffner, ihm einen neuen Sitzplatz zu verschaffen, was der uniformierte Zugbegleiter mit den Worten ablehnte, der ganze Zug sei überfüllt.

Die Stimme von oben meldete sich und erklärte „Sehr geehrte Fahrgäste, wegen des Wartens auf das verspätete Eintreffen unseres zweiten Zugteils verzögert sich unser Halt um circa dreißig Minuten. Dear passengers, while waiting for another part of the train we have to retard for about thirsty minutes."

Verzweifelt kämpfte sich Waldmann durch die Menschenmenge, denn er wollte einen Platz im Speisewagen oder in der ersten Klasse ergattern. Er fragte einen uninformierten Zugbegleiter nach dem Weg und wurde in die falsche Richtung geschickt, ein Irrtum, dessen schauerliche Konsequenz ihm bewußtwurde, als er den letzten Waggon sah und nun auf dem Weg zurück dieselben, in den Gängen auf ihren Koffern herumsitzenden Fahrgäste hochscheuchen mußte, die er schon einmal belästigt hatte. Proteste hagelten ihm entgegen; manche weigerten sich, nochmals aufzustehen, und erklärten ihm, er solle genauso ausharren, wie sie es täten. Aber in Waldmanns Kopf hatte sich bis zur Obsession die Idee festgefressen, daß er seinen Platz finden müsse wie einst Rosa Parks, es war sein Bürgerrecht, und er boxte sich durch bis zum Speisewagen, der natürlich belegt war, und kapitulierte erst, nachdem er die gesamte erste Klasse durchwandert hatte, in der es keinen freien Sitzplatz gab.

Da hörte er wieder die Stimme über sich: „Liebe Bahnfahrreisende, wegen eines Lokführerdefekts verlängert sich unser Halt um circa vierzig Minuten. Dear travellers, our stop remains because of a train leader disease for about frosty minutes."

Gebrochen wandte er sich zum letzten Mal an den Schaffner und zeigte ihm die Fahrkarte mit dem Reservierungsnachweis. Da fuhr ihn der Schaffner an: „Was lärmen Sie hier herum und machen die Leute verrückt? Steigen Sie aus, bevor der Zug losfährt! Stop making crazy the people! Get out of the train before it departs!"

Waldmann taumelte auf den Bahnsteig hinaus, den Koffer in der rechten, die Fahrkarte in der linken Hand, und konnte es nicht fassen: Er war am Zielbahnhof angekommen.

Entrückung

Vier kräftige Gestalten transportierten sein Klavier aus der Wohnung. Waldmann hatte es verkauft. Musik spielte er nur noch in Gedanken. Er brachte seine wertvollsten Bücher zurück zu den Antiquaren, von denen er sie erworben hatte. Ihr Verlust war zu verschmerzen, denn er kannte sie auswendig. Die Stadtwerke stellten ihm das Wasser ab. Das beeindruckte ihn nicht, denn er aß und trank kaum noch etwas. Er wurde immer hagerer und sein Gesicht ausgezehrter. Die Stadtwerke stellten ihm den Strom ab. Auch das bekümmerte ihn nicht, denn seine Augen glühten in der Dunkelheit.

Eines Tages verließ er seine Wohnung und kehrte nicht mehr zurück. Sein Vermieter schickte ihm die fristlose Kündigung, die sich später ungeöffnet im Briefkasten fand, zerknittert zwischen Werbung und anderem Papierkram. Die herbeigerufene Polizei brach seine Wohnungstür auf. Angesichts der Bücher und Regale fragten die Beamten fassungslos, ob dies ein Wohn- oder Lagerraum gewesen sei. Ein paar Wochen später kamen Möbelpacker und brachten die bewegliche Habe ins Speditionslager. Handwerker tauchten auf und renovierten die Wohnung, für die sich schnell ein neuer Mieter fand, dem der genius loci völlig unbekannt war.

In der Folgezeit häuften sich ein paar merkwürdige Ereignisse.

Eines Tages kam der Philosoph aus dem Fernsehstudio, zufrieden mit sich und der Welt, die er auf den Kopf gestellt hatte. Er holte den Schlüssel aus der Jackettasche und wollte das Schloß an seinem Fahrrad aufschließen, als plötzlich das Signal zweier Trompeten ertönte, eine in zwei Tonarten gleichzeitig erklingende Schreckensfanfare, und über den Dächern erschien Negronis Gestalt, die dem Scharlatan eine Nase drehte.

Ein Drehorgelspieler auf der Zeil bekam hin und wieder Besuch von einem Mann, der sich neben ihn stellte und mit dünner Stimme Melodien sang, die nur bedingt zur Musik des Leierkastens paßten, aber auch nicht falsch klangen. Es waren seltsame Ergänzungsstimmen in einer verfremdeten, zwischen Dur und Moll schwankenden Tonalität. Auch die Texte paßten nicht immer. In der Adventszeit spielte der Leierkasten ‚Alle Jahre wieder'. Aber der Liedtext sprach von Stimmen, die durchs Straßenpflaster schrien, und von einem Spielmann, der seiner Flöte – aus dem Totengebein eines Ermordeten geschnitzt – die klagende Melodie entlockt, die den Mörder überführt.

Eines Nachts, mitten im Dezember, erwachte Nepomuk und sah durchs Fenster auf die gegenüberliegende Strassenseite. Dort stand Negroni, winkte Nepomuk zu sich hinunter und sprach: „Komm mit. Ich brauche Deine Hilfe."
Sie gingen durch die tiefverschneite Stadt hinüber zum Weihnachtsmarkt. Die Gänge zwischen den Verkaufsbuden waren menschenleer. Nur aus dem Innern eines großen Karussells ertönten merkwürdige Geräusche. Nepomuk und sein Begleiter machten sich daran, die Holzplatten abzunehmen, mit denen das Karussell verkleidet war, und hörten ein zorniges Wiehern.

„Achtung, Menschen!", rief eine Stimme.

„Habt keine Angst", sagte Negroni und schaltete die Beleuchtung ein.

Die Karussellfiguren funkelten ihnen wütend entgegen: Pferde, Rehe, Motorräder, Feuerwehr- und Polizeiautos – und dazwischen ein stolzer Hahn.

„Könnt Ihr uns nicht in Ruhe lassen?", rief der Hahn. „Uns ist noch ganz schwindlig."

„Wißt Ihr, wie oft wir uns im Kreise drehen mussten?", fragte ein Feuerwehrauto.

„Und die Musik...", schrie mit schriller Stimme der Hahn, „...sie ist so billig, und wir müssen sie jeden Tag hören, immer dieselbe: dumpfes Stampfen – und dazu die idiotischsten Trällermelodien."

„Wir sind gekommen, um Euch zu retten", erklärte Negroni.

„Ihr laßt uns frei?", fragte eines der Rehe.

„Niemals!", schnarrte ein Polizeiauto. „Wer von hier weggeht, den muß ich verhaften."

„Nein!", entgegnete Nepomuk. „Auch die Polizei wird befreit und muß niemanden mehr verhaften."

„Aber wohin sollen wir gehen?", fragte jemand.

„Ich weiß es nicht. Nur weg von hier", sagte der Hahn und machte sich auf den Weg. Unter wildem Rufen und Hupen folgten die anderen.

Zufrieden standen Nepomuk und sein Begleiter vor dem leeren kreisrunden Holzgestell.

Kleinere Erzählungen

Blindgänger

Wer noch nie gesehen hat, wie blind die Menschen ineinanderrennen, der weiß nicht, wie gefährlich das Leben ist.

In den Schluchten der großen Fußgängerzonen sieht man sie vorüberstürzen, angstgejagt, wie Ertrinkende auf einem Schiff. Sie erkennen sich gegenseitig nicht und wissen nichts von sich selbst. Sie prallen aufeinander und stolpern über sich selbst. Ich sehe die Straßen gesäumt von diesen Blindgängern, die Geschäfte angefüllt wie Wespennester; überall, dort, in den Warenhäusern, stehen sie, auf Rolltreppen zusammengequetscht, lassen sich von Stockwerk zu Stockwerk transportieren, um auf jeder Etage wie ausgehungert über die Handelsgüter herzufallen.

Sie stehen gaffend vor Bildschirmen unterschiedlicher Größe: quaderförmige Gebilde, Käfige, in denen verkleinerte Menschen stecken. Fast jede Wohnung hat einen solchen Käfig. Als ich noch selbst ein Dach überm Kopf hatte – eine Mansardenwohnung mit Blick auf die Antennen –, mußte ich immer lachen, wenn ich abends, bei Einbruch der Dunkelheit, in allen Wohnungen den gleichen flackrig-bläulichen Widerschein sah. Ich wußte, daß vor jedem dieser Kästen eine Handvoll Zuschauer saß, erlöst von sich selbst, vertieft in Probleme, die nicht die eigenen waren. Wie ernüchternd müßte es für die Käfigmenschen sein, dachte ich mir, wenn sie aus ihren Kästen heraus einen Blick auf die Zuschauer werfen.

Ich sehe sie vor mir, die Kaufkräftigen, wie sie mit vollgestopften Plastiktüten zum Ausgang hetzen, hinaus in die Fußgängerzone, weiter zum nächsten Geschäft, zwischendurch in ein Bistro oder Restaurant – ihre quengeligen Kinder in den Schnellimbiß zerrend, der wie ein Badezimmer aussieht. Dort sitzen sie; ihre Mundbewegungen geben keinen Aufschluß darüber, ob sie sprechen oder kauen. Nur das Wissen um ihren verkümmerten Wortschatz erlaubt den Rückschluß, daß sie kauen, obwohl die Konsistenz der Nahrung dazu keinen Anlaß gibt.

Ich betrete solche Restaurants nur der Toiletten wegen, die hier sauber und gepflegt sind. Ein dunkelhäutiger Mann kommt alle paar Stunden und reinigt sie. Während er den Boden und die Klobrillen säubert, von getrocknetem Urin und bräunlichen Flecken befreit – Schwundstufe jener oben verzehrten Schnellgerichte –, fällt sein Blick auf die jüngsten Zeugnisse abendländischer Wandmalerei. Er sieht Inschriften, die von gewöhnlichen und außergewöhnlichen Sexualpraktiken handeln, und denkt nach über jene Menschen, die oben ein Schnellgericht verzehren und hier unten ihre Obsessionen zu Protokoll geben, Triebgeplagte, die sich durchs Bekenntnis ihrer Zwangsvorstellungen Erleichterung verschaffen. Wer die Masse vorbeiströmender Menschen sieht, erschrickt vor der Fülle der Zwangsvorstellungen. Eine Toilettenwand von der Länge der chinesischen Mauer wäre nötig, um alle Inschriften aufzunehmen. In regelmäßigen Abständen werden die Kabinenwände frisch gestrichen, um Platz für neue Bekenntnisse zu schaffen. Diesem Service verdanken die Schnellrestaurants ihre große Beliebtheit.

Ich stürzte mich in die Menschenmenge. Der Andrang war so groß, daß man die Betonplatten der Fußgängerzone nicht sehen konnte. Aus der Ferne ertönte Musik. Ich ließ mich treiben und wurde von der Menge zum Verursacher dieser Schallquelle geführt: dem Informationsstand einer politischen Gruppierung, die mit Kugelschreibern, Luftballons, Wimpeln und dem Portraitphoto eines dicken schnauzbärtigen Mannes für sich warb. Den Stand flankierten Plakatwände, die an Touristik-Werbung erinnerten, wohingegen Bierausschank und Wurstverkauf an ein Straßenfest denken ließen – wozu auch das Podium paßte, auf dem drei in Hawai-Hemden gekleidete Männer standen, die mit allen Mitteln musikalischen Frohsinn zu produzieren versuchten, vorgetragen in einem barbarischen Idiom, das am Ende jeder Strophe in Lallen überging. Das war selbst für die vergnügungssüchtigen Menschen zuviel. Das Mißverhältnis zwischen der unfaßbaren Fröhlichkeit dieser Musik und dem Gemütszustand der vorübereilenden Menschen war zu groß. Alle hatten das Bedürfnis zu entkommen, und wer sich ein Bier oder eine Grillwurst gekauft hatte, suchte mit diesen Köstlichkeiten in der Hand das Weite.

Ich mußte an einen Honigverkäufer zurückdenken, den ich vor Jahren auf einem Rummelplatz gesehen hatte und der von seiner als Lockmittel gebrauchten Musik so begeistert war, daß er darüber seine Arbeit vergaß. Hinter sich die mit Honiggläsern gefüllten Regale, stand er vorne auf einem Podest, die vorbeiströmende Kundschaft um Haupteslänge überragend, und tat nichts, um für seinen Honig zu werben. Er sprach auch sonst kein

Wort – er sang. Mit der rechten Hand das Mikrophon umklammernd, sang er zu einer volksliedähnlichen Musik, die aus Lautsprechern ertönte, krähte zu den Klängen hämmernder Begleitakkorde, eines in Quartschritten hin- und herpendelnden Basses und einer – immerhin honigsüßen – Oberstimme. Die Musik wurde in einem zackigen Tempo gespielt, was den Verkäufer tänzeln ließ. Die Präsentation seiner Lieblingsschlager war ihm wichtiger als der Verkauf seiner Handelsware. Das gefiel mir, und in den nachfolgenden Tagen kehrte ich immer wieder auf den Jahrmarkt zurück, um diesen nur als Verkäufer glücklosen Menschen zu sehen.

Die Fülle ganz realer Lärmquellen schmerzte mir in den Ohren. Ich suchte Schutz vor dem rastlosen Betrieb. Aber es gab kein Entrinnen. Eine Hochzeitsgesellschaft trat aus dem vor mir liegenden Café heraus, genauer gesagt, der männliche Teil dieser Gesellschaft – ohne Jacketts und mit gelockerter Krawatte, standen diese Männer nun vor dem Café und sprachen in ihre Mobiltelephone. Sie hatten sich eine ganze Trauungszeremonie lang zurückgehalten, auch den Beginn der anschließenden Feierlichkeiten noch abgewartet. Jetzt konnten sie nicht mehr – sie mußten hinaus, um ihre verbale Notdurft zu verrichten. Ich floh in die Seitenstraße, zu einem idyllischen Platz, in dessen Mitte ein Springbrunnen stand, ließ mich nieder, mit dem Rücken zur Hauswand, und versenkte mich in den Anblick des Kopfsteinpflasters. Von den Steinen ging ein Gefühl der Ruhe aus. Ich vertiefte mich in ihren Anblick und suchte Antwort auf meine Fragen.

Ein junger Mann mit kurzgeschnittenem Haar kam auf mich zu und fragte, ob ich Kleingeld hätte. Hinter ihm standen zwei Kollegen und waren ebenfalls mit Geldeintreiben beschäftigt. Alle drei sahen sich mit ihren schwarzen Lederjacken, zerfetzten Hosen und Springerstiefeln ziemlich ähnlich und warben mit demselben Spruch für denselben Zweck. Da ich nicht schnell genug reagierte, wandte sich der Bettler von mir ab und dem nächsten Passanten zu. Ich besah mir eine Gruppe junger Menschen, die am Springbrunnen lagerte und zu der jene drei Bettler gehörten: Männer und Frauen in schwarzen Lederjacken, die Köpfe kahlgeschoren oder von kurzem, teilweise gefärbtem Haar bedeckt, saßen oder lagen sie auf den Treppenstufen, die zum Springbrunnen führten; um sie herum Bierdosen, leere Flaschen und kleine Pappkartons, an denen zwei Schäferhunde schnüffelten.

Ich stand auf und gab ihnen das gewünschte Kleingeld. Es war mein letzter Besitz.

In diesem Augenblick durchströmte mich ein überwältigendes Glücksgefühl. Ich war frei. Plötzlich erkannte ich etwas, das sich meinen früheren Blicken entzogen hatte: wie aus dem Asphalt, dem Kopfsteinpflaster und den Sandsteinfassaden der umliegenden Häuser heraus Linien und Muster entstehen, Figuren sich bilden, Kreise und Ellipsen, Tiere und heilige Gestalten. Es wunderte mich, daß niemand außer mir diese Gebilde zu sehen schien. Man konnte denken, ein Künstler der Antike hätte sich als Straßenmaler verdingt – aber die Menschen gingen achtlos an seiner Arbeit vorüber und standen im Weg, als mir aus den Mauern farbige Gestalten entgegenkamen. Es war, als sprengten sich mittelalterliche Fresken den Weg frei und glühten durch die Fassaden hindurch: Engel und Heilige. Mühelos durchdrangen sie den Panzer, würdevoll traten sie aus dem Kopfstein und den Mauern hervor und umringten mich. Ich mußte ihnen nur folgen, und schon führten sie mich mit ihrem ernsten Gesichtsausdruck hinein in die Helligkeit.

tauchte Jenny mit ihren Freundinnen auf und verlangte meine völlige Ächtung. Das war für mich eine Zeit intensiven Lernens. Ich konnte zwar verstehen, daß meine chauvinistische Entgleisung den kompletten Rückzug aus der Szene erzwang, allein schon, um Frauen wie Jenny vor mir zu schützen, aber der Abschied fiel mir dennoch schwer. Über Nacht war ich zur Unperson geworden und mußte in der Anonymität der bürgerlichen Mitte untertauchen.

Ich verkaufte meine studentische Arbeitskraft als Ware und half verschiedenen Firmen bei der Umsatzsteigerung, bis ich wieder entlassen wurde. Ich studierte damals Philosophie und stellte fest, daß meine Arbeitgeber oft eine andere Zeitwahrnehmung hatten als ich – wie es Bergson mit den Begriffen temps durée und temps espace umschreibt. Aus meiner letzten Hilfsarbeit wäre beinahe eine Festanstellung geworden, die mir ein Leben oberhalb des Existenzminimums ermöglicht hätte, wäre ich nicht vorher entlassen worden. Ich versuchte, mich als Straßenmusiker durchzuschlagen, aber nur mit geringem Erfolg, denn aus einer gewissen Scheu heraus trat ich erst nach Ladenschluß auf. Ich schrieb immer noch wie ein Besessener, und es kam jetzt öfters vor, daß Zeitungen meine aphoristischen Kurztexte veröffentlichten, meistens unter der Rubrik ‚Heiratsannoncen'. Die Resonanz war leider gering.

Jahre später traf ich Jenny wieder. Sie hatte sich inzwischen von der Politik ab- und einer merkwürdigen Religion zugewandt, deren geistliches Zentrum sie selbst bildete, einem Gemisch aus Reinkarnationsvorstellungen und Schicksalsgläubigkeit, welche sich im Deuten von Handlinien und Sternenkonstellationen äußerte, verbunden mit schamanistischen Ritualen und einem Fruchtbarkeitskult, der sich aus Jennys früheren Emanzipationsversuchen ergeben hatte. Als ich Jenny auf die Ereignisse im Kollektiv ansprach, auf die Umstände meines erzwungenen Weggangs, da erklärte sie, das sei mein Karma gewesen.

Sie war aber trotzdem sehr freundlich. Sie lebte jetzt davon, Tarotkarten zu legen, und kannte sich in der Esoterikszene aus. Ich wollte schon seit einiger Zeit meinen Vater kontaktieren, erzählte ihr davon, und sie nannte mir die Adresse einer angesehenen Spiritistin. So stieß ich auf einen Kreis medial begabter Menschen, dem es in einer Séance gelang, die Verbindung zu meinem Vater herzustellen.

„Viktor!", hörte ich plötzlich seine Stimme durch den Raum gellen. „Warum hast Du Dich solange nicht gemeldet?"

„Das ist schwer", entgegnete ich, „seit Du nicht mehr lebst."

„Na und?", rief mein Vater. „Was willst Du von mir?"

„Ich wollte Dich fragen...", fing ich an, „...also..."

„Kannst Du nicht in vollständigen Sätzen reden? Was machst Du überhaupt um diese Uhrzeit hier? Hast Du keine Arbeit?"

„Nein."

„Hast Du wenigstens Deine Ausbildung abgeschlossen?"

„Nein."

„Wovon lebst Du jetzt?"
„Ich bin Künstler."
„Das ist kein Beruf. Hast Du wenigstens Erfolg?"
„Nein."
„Was soll nur aus Dir werden?", fragte mein Vater, und jetzt konnte ich ihm endlich sagen: „Nichts."

Da zog er sich irritiert zurück – während ich mit großer Zufriedenheit feststellte, daß es keine Leere ist, die mich zur sprachlichen Verknappung drängt. Sobald eine Idee, etwas Stoffliches, in mir zum Ausdruck kommen möchte, stürzt sich mein Gestaltungsvermögen darauf und bringt es zur Welt.

Popnovelle

Der Plot ist schnell erzählt. Die Location war das Bursheimer Gymnasium. Ein Groupie namens Diana hatte uns vermittelt. Dank ihrer Connections sollten wir auf der Abi-Fete spielen, und zwar als Opening Act vor den ‚Dead White Men'.

Wir – das waren Jonathan, unser Bassist, ein Straight-Edge-Punk, der sein X-Tattoo auf dem rechten Unterarm trug und mit geschlossenen Augen spielte, Conan an der Gitarre, ein Redskin, der – um Mißverständnisse zu vermeiden – immer Che-Guevera-T-Shirts trug, Moritz, unser Drummer, der für seine Materialschlachten nur ein kleines E-Drumset brauchte, und meine Wenigkeit: Anatol, Keyboarder und Sänger der ‚Minstrels' – dies der Name unserer Band, auf den wir uns nach langem Hin und Her geeinigt hatten.

Musikalisch kamen wir aus ganz unterschiedlichen Ecken: Jonathan vom Melodic Hardcore, Conan vom Street Punk, Moritz aus der Elektroszene, und meine Vorliebe – peinlich, aber nicht zu ändern – galt dem Achtziger-Jahre-Pop. Das war aber ziemlich egal, denn bei der ersten Session im Probenkeller stellten wir ernüchtert fest, daß wir nichts von dem spielen konnten, was uns gefiel. Also fingen wir an, Easy-Listening-Songs zu covern – learning by doing. Mit der Zeit kam eine ganz nette Playlist zusammen. Wir wurden relaxter, der Sound spaciger, und aus dem Recycling der Musik, die wir gecovert hatten, entstanden unsere ersten Songs. Das war der Zeitpunkt, an dem wir auch Fans aus unserer Peergroup mit in den Probenkeller nahmen und die erste Demo-CD brannten, und es war der Zeitpunkt, an dem den ‚Minstrels' ein Ruf vorauseilte – bis in die Nachbarstadt.

Wir hatten uns am Terminal des Bahnhofs verabredet, unter dem Display, und legten unsere Knete zusammen. Conan überprüfte den Cashflow und sagte:
„Das sind Peanuts. Damit kommen wir nicht weit."
„Geht ohne", entschied Moritz. „Black is beautiful!"
Wir checkten ein, stiegen in den Zug, legten das Equipment auf die Nachbarsitze und machten's uns gemütlich.

Mir klopfte das Herz vor Aufregung – nicht nur wegen unseres Gigs, sondern weil Julia dabeiwar. Julia war kein normales Groupie, sondern meine Freundin. Sie fuhr im wahrsten Wortsinne schwarz und sah aus, als wäre sie zum Gothic Festival unterwegs. Seit einem halben Jahr gingen wir miteinander, obwohl uns äußerlich mehr trennte als verband. Ihr jetziger Patchwork-Daddy war Investmentbanker, also eine echte Heuschrecke, und ihre Mom eigentlich ganz o.k., nur ein bischen crazy, auf so 'ner Art Erleuchtungstrip: Simplify your life war ihre Devise, und das hieß, daß sie den Trash, den sie gestern gekauft hatte, heute bei E-Bay vertickte, um für die morgige Shoppingtour wieder Platz zu schaffen. Sie wohnten zu dritt in einer Gated Community – für mich eine No-go-Area. Ich kam nur, wenn Julias Eltern on tour waren. Aber wir hatten das Penthouse oft für uns allein, denn der Jet-Set-Daddy war ein gefragter Handelskrieger, und die Mom auf Anti-Aging-Seminaren. Nur einmal kam sie zu früh von einem Rebirthing-Kurs zurück, sozusagen als Frühgeburt: frisch aufgepimpt und born again, stand sie plötzlich vor uns und erwischte Julia und mich im Whirlpool. Das war ein echter Stresstest. Ich bekam Hausverbot. Aber das hatte zur Folge, daß sich Julia nun in meinem sozialen Brennpunkt herumtrieb – was ihre Eltern auch nicht glücklicher machte.

Aber ich war glücklich mit ihr – und hatte, was den heutigen Event betraf, wirklich nur musikalische Interessen, während meine Kumpel bei unserem Gig vorallem an die Chicks dachten, die sie flachlegen wollten. Wir waren ziemlich selbstbewußt und empfanden uns als das absolute Highlight des Abends. Wir hatten coole Sachen in unserem Repertoire, *Welfare Queen*, das Lied über eine Hartz-IV-Empfängerin, die den Sozialstaat ruiniert, oder *It's Tea Time, Mr. Koch*, einen Song über gebrainwashte Low-Wage-Jobber, oder *Pumps and Circumstances* mit der gesampleten Stimme von Bomber-Harris und total abgespaceten Sounds der Royal Air Force, oder den *Song of the High Heels*, ein krasser Crossover-Remix aus Samplings von Frederick Delius und einem punkigen Riff mit fetten E-Major-Seventh-Powerchords. Unser Sounddesign war intelligent, und wir hatten mehr Four-letter Words in unseren Texten, als ein Radiosender verkraften konnte – und daß die Beeps per minute rekordverdächtig sein müßten, wenn wir in die Charts kämen, und daß wir heute die Shooting Stars sein würden, daran zweifelte keiner von uns – Standing Ovations inbegriffen.

An den ‚Dead White Men' ließen wir kein gutes Haar. Das Beste an ihnen war, daß sie uns die Anlage stellten. Wir hatten sie mal auf einem Open Air Festival gehört und fanden, daß sie ihrem bescheuerten Namen alle Ehre machten: absolute Loser, die eigentlich *unsere* Vorgruppe hätten sein müssen. Ihre Musik hörte sich an wie eine Playalong-CD; der Bassist beherrschte kaum seine Basics, der Sänger hatte 'ne Stimme wie 'n kaputtes Didgeridoo, und der Drummer spielte wie unter Ritalin. Ihre Texte erinnerten mich an 'nen Poetry Slam, und als Performer sahen sie aus wie Dummies beim Crashtest. Ich konnte mich nicht genug über sie ereifern, und Julia machte mit ihrem Smartphone einen Schnappschuß von mir, den sie später überall herumzeigte: Portrait of the Artist as an Angry Young Man.

Da ging die Tür auf; ein Controller kam herein und wollte unsere Tickets sehen. Das war schlecht getimet. Wir klärten ihn darüber auf, schnappten uns das Equipment und machten uns bereit, um an der nächsten Station auszusteigen. Da rastete der Typ borderlinemäßig aus, pöbelte herum, und weil das nix half, zog er sein Handy raus und rief die Bullen an, gerade in dem Moment, als wir die nächste Station erreicht hatten. Wir stiegen ganz cool aus, aber der Controller kam hinter uns hergestalkt. Also verteilten wir uns auf zwei Ausgänge, und jetzt kam Schwung in die Bude! Das hier war Action im Real Life, und zwar auf höchstem Level: wir high-speed-mässig raufgejumpt, nur von dem blöden Equipment behindert, das wir mitschleppen mußten, und hinter uns der Stalker von der Security. Es gelang uns zwar, den Penner abzuschütteln, doch oben warteten die Cops und haben uns gebustet. Sie waren not amused, spielten Hands up mit uns, und wir mußten dummerweise mitspielen, denn sie hatten die Street Credibility.

Es folgte eine Sightseeing-Tour der Extraklasse: im Peterwagen durch die City. Wir wollten erstmal 'n bischen chillen, aber die Bullen haben uns gleich in ihre Base geschleppt und total gedisst. Sie waren hardcoremäßig drauf. Unsere Personalities wurden gecheckt, wegen der Strafanzeige, und da war ein Typ, der sich als totaler Troublemaker outete, ein fetter Beamter, wohl der Chef von dem Laden – mit 'nem jungen Cop als Sidekick, der zwar nett war, aber nix zu melden hatte. Der Beamte hat uns richtig miese Vibrations rübergebeamt. Conan probierte den ältesten aller Punkwitze und sagte, er hätte das Ticket aufgefressen. Moritz behauptete, unsere Aktion wäre ein Flashmob gewesen, aber die Message kam bei dem Typen nicht an. Im Gegenteil – er sagte, unser Fight am Bahnhof sei der Beweis dafür, daß wir unser Equipment geklaut hätten, und er würde jetzt die Geräte- und Seriennummern checken und uns screenen undsoweiter. Ich warf einen Blick auf die Uhr und dachte nur: ‚Oh Shit! Unsern Gig können wir canceln.'

Aber ich hatte nicht mit Julia gerechnet, meiner Lady in Black. Sie rastete voll aus und erklärte dem Bullen, wenn er das tun würde, wäre die Deadline überschritten, und seine Performance wäre suboptimal, und in der Aula des Gymnasiums würden schon alle auf uns warten, und ob ihm nicht klar sei, mit welchen Hidden Champions er es hier zu tun hätte? Auch der Sidekick half uns und sagte, Zero Tolerance wäre 'ne tolle Idee, aber der Aufenthalt in der Base würde jetzt als Warnschuß reichen, und da hat uns das Monster nochmal richtig zusammengefaltet und dann ziehen lassen – mit unserem Equipment. Das war just in time. Wir mußten nur noch zur Schule trampen – gar nicht so einfach, mit den Instrumenten im Schlepptau, aber es ging, und in der Schule waren schon unsere Roadies da, die uns beim Aufbau halfen. Es blieb gerade noch Zeit für einen Soundcheck – dann fetzten wir los, und das Publikum war geflasht.

Passiert – notiert

Die Sonne brach sich Bahn, quer durch grauviolette, seltsam verzerrte Wolkenungetüme. Ihr heller Schein fiel durch die schwarzen Vorhänge ins Zimmer und ließ dasselbe in einem phantastischen Lichte erstrahlen.

Die ganze Stadt erstrahlte in diesem unwirklich hellen Licht. Der Dichter und Flaneur wurde dessen angesichtig, als er die Straße betrat, umgeben von Menschen, die sich mit unnatürlicher Eile fortbewegten, als wäre die Schönheit dieses Lichts für ihre Sinne nicht zu verkraften – wohingegen es dem Flaneur ratsam erschien, ein Café aufzusuchen, worin er seine Gedanken ordnen wollte, die das Straßenleben gerade auf gefährliche Weise in ihm durcheinandergewirbelt hatte.

Um den Leser nicht in Unkenntnis über die Zusammenhänge zu lassen: Der Dichter und Flaneur, der gerade das Café betreten und an einem der freien Tische Platz genommen hat, das bin ich – der es als seine Aufgabe betrachtet, das Geschehen um sich herum so präzise wie möglich wiederzugeben. Gerade überflog ich noch einmal die zuletzt notierten Sätze, als ein Kellner herantrat, in der Absicht, eine Bestellung entgegenzunehmen, und mir einen verwunderten Blick zuwarf, so als böte meine schriftstellerische Tätigkeit den Anlaß, sie mit Argwohn oder gar Herablassung zu betrachten. Kopfschüttelnd trat er den Rückzug in die Küche an, während ich fortfuhr, mein Ausdrucksvermögen an einer exakten Beschreibung der Wirklichkeit zu schulen.

Ich ließ den Raum auf mich einwirken, von dessen hohen, kalkweiß getünchten Wänden die Geräusche widerhallten: ein unablässiges Klirren und Klappern von Tassen, Tellern und Besteck, das wütende Fauchen einer Espressomaschine und vor allem das beständige Stimmengewirr, das von den einzelnen Tischen her an mein Ohr drang. Zu diesen Stimmen gehörten Menschen, die hier beieinandersaßen, Menschen beiderlei Geschlechts und unterschiedlichen Alters, manche in feines Tuch gekleidet, manche so leger, daß man bei ihnen auf eine gewisse Nonchalance in Kleidungsfragen schliessen durfte. Ich ließ meinen Gedanken freien Lauf und suchte Zusammenhänge zwischen diesen Menschen: der Mann dort an dem Tisch – zweifellos verfolgte er Absichten gegenüber jener Dame, die er zum Frühstück eingeladen hatte, um sie näher an sich heranzuführen, während sie auf Distanz blieb, sich zwar Annehmlichkeiten gefallen ließ und die Aufmerksamkeit genoß, die ihrer Person zuteilwurde, aber mit diskret abweisender Gestik und Körperhaltung ihre stolze Kühle gegenüber diesem Mann zu wahren suchte – oder dort: zwei Herren, in ein Gespräch vertieft, dessen Wortlaut ich zwar nicht mitbekam, dessen Anblick mir aber den Eindruck eines Kampfes vermittelte, der mit Tonfällen und Gesten ausgefochten wurde, und ich fragte mich, wie zwei Menschen beschaffen sein mussten, um sich unter Mißbrauch der Gesprächssituation über den Sieg in einem verbalen Kräftemessen zu definieren – als plötzlich der Kellner wiederauftauchte und mit einer grammatikalisch wagemutigen Formulierung erklärte, daß mein Verbleib in diesem Café an den Konsum wenigstens eines Heiß- oder Kaltgetränks gebunden sei, so daß ich genötigt war, mich durch einen Blick ins Innere meines Portemonnaies vom Vorhandensein einer ausreichenden Menge jenes Zahlungsmittels zu vergewissern, dessen Besitzerwechsel der Kellner mit seinem insistierenden Gebaren erzwingen wollte. Leider befanden sich meine Finanzen in einem Zustand, der mir keine andere Wahl ließ, als Stift und Notizbuch wegzupacken, aufzustehen und das Lokal zu verlassen.

Draußen war das geisterhafte Licht des Morgens dem intensivsten Sonnenschein gewichen. Ich suchte mir einen neuen Sitzplatz, an dem ich ohne Konsumzwang verweilen konnte. Im Schloßpark gab es einen zu dieser Tageszeit noch wenig besuchten Ort, der mir die nötige Einsamkeit zu versprechen schien, eine kleine, von hohen Laubbäumen umgebene Lichtung, die mehrere Sitzbänke aufwies – deren eine zu meiner Überraschung von einer jungen Dame beansprucht wurde, die sich dort mit übereinandergeschlagenen Beinen niedergelassen hatte, auf denen ein Buch lag, in dem sie intensiv zu lesen schien. Ich nahm auf der gegenüberliegenden Bank Platz und versuchte herauszufinden, um welches Buch es sich handelte. Der Einband war leider nicht aussagekräftig. Stattdessen bemerkte die junge Dame meinen Blick, den sie ganz irrigerweise auf sich bezog, und schenkte mir ein Lächeln, das meine Seele in Aufruhr versetzte. Erschrocken sah ich in das freundliche Gesicht mit den verträumten Augen. Ich fühlte mich wie ertappt. Eine ungewisse Furcht ließ mich aufstehen und das Weite suchen, um mein seelisches Gleichgewicht wiederzufinden.

So wechselte ich hinüber in den Botanischen Garten, fand einen Platz für mich allein und holte Stift und Notizbuch hervor, um in Ruhe nachzutragen, was geschehen war, nachdem mich der blasierte Kellner aus dem Café vertrieben hatte. Etwas, das ich prinzipiell zu vermeiden suche, ist die Verunklarung meiner Empfindungen durch ihre Niederschrift, eine unbeabsichtigte Nuancierung, die ihnen beim Ausformulieren widerfahren könnte. Am liebsten hätte ich es, wenn meine Eindrücke wie von selbst auf das Papier gelangten. Das wäre der Idealzustand. Ich sitze auf einer Parkbank im Botanischen Garten, über mir ein nahezu wolkenfreier Himmel, dessen intensives Blau von den schwarzen Punkten eines gerade vorüberziehenden Vogelschwarmes belebt wird, vor mir am Springbrunnen ein paar fröhlich spielende Kinder unter der Aufsicht ihrer ängstlichen Mütter, die auf den Bänken um mich herumsitzen und Belanglosigkeiten austauschen, während sich die Kinderstimmen mit dem Rauschen des Wassers zu einem Klangteppich von großer Schönheit vereinen.

Es war später Nachmittag, als ich wieder aufstand, um den Weg zurück in die Innenstadt anzutreten. Menschen hasteten an mir vorüber auf ihrem Weg nach Hause. Auf der Straße stauten sich Automobile und verdrängten die atembare Luft mit dem Höllenbrodem ihrer Ausdünstungen. Ich stieg hinab ins Dunkel eines jener Eingänge, der zur Untergrundbahn führt, um mir den Heimweg zu verkürzen.

Als ich den Waggon betrat, der unmittelbar vor mir gehalten hatte, gab es schon keine freien Sitzplätze mehr.

So blieb ich im Eingangsbereich stehen und beobachtete die Menschen um mich herum, in der Absicht, mir Details für die literarische Verwertung einzuprägen. Mein Blick fiel auf einen seltsamen, in schwarzes Leder gekleideten Mann, der eine Sonnenbrille mit gespiegelten Gläsern trug, wodurch er sich zu einem recht merkwürdigen Aussehen verhalf. Sein dunkles Haar war triefend naß, so als hätte er es mit Haaröl benetzt, was den Eindruck einer gewissen Absonderlichkeit dieses Menschen noch verstärkte, der mich nun ebenfalls zu fixieren schien, nachdem er bemerkt hatte, daß ihm mein ausgeprägtes Interesse galt.

Quer durch den halben Waggon näherte er sich mir und sprach in einem unverständlichen Idiom: „Was kuxtu?"

Ich betrachtete mein Gegenüber aus der Nähe und stellte fest, daß ich es mit einem jungen Orientalen zu tun hatte, vermutlich dem Sproß einer Familie hier ansässig gewordener ausländischer Arbeitnehmer, und überlegte mir, wie schwierig es für einen Menschen sein müsse, zwischen den Stühlen zweier unterschiedlicher Kulturkreise großzuwerden.

Da hörte ich wieder seine Stimme: „Ey, bistu Polizei oder was?"

Jetzt dämmerte es mir, daß der junge Levantiner Deutsch zu sprechen versuchte.

„Isch hab disch was gefragt", lautete der nächste, schlecht artikulierte Satz aus seinem Munde.

Ich beschloß, mich in keinen Streit verwickeln zu lassen, kramte mein Notizbuch hervor, und begann, ihm das Geschehen anzuvertrauen: eine Beschreibung meines Gegenübers, seiner Worte und vorallem seiner sprachlichen Eigenarten – ein Vorgang, den mein Gesprächspartner nicht erwartet hatte, denn er rief mit kaum noch beherrschter Stimme: „Ey, du liegst gleich am Boden!"

Ich hielt es für die vornehmste Aufgabe, mich nicht aus der Ruhe bringen zu lassen –, ein Umstand, der meinem Gegenüber die Fassung raubte. Der Orientale hob seine Hand und wollte sie schon wider mich ausstrecken, als aus dem Hintergrund des Waggons ein paar junge Männer herbeieilten, die ihn zu kennen schienen, am Arm griffen und mit beschwichtigenden Worten zur Seite schoben, während ich mein Notizbuch aufhob, das heruntergefallen war.

„Laß ihn in Ruhe", hörte ich eine der Stimmen sagen. „Das is doch bloß'n Spinner!"

Aus berufenem Munde diese Feststellung zu hören, befriedigte mich außerordentlich. Ich war nämlich zur selben Überzeugung gelangt. Dieser Mann, der mir die körperliche Unversehrtheit zu rauben versucht hatte, war offenkundig ein Spinner. Im Waggon herrschte eine gewisse Aufregung, und es meldeten sich unterschiedliche Stimmen zu Wort – konkurrierende Stellungnahmen sowohl zu meinen Gunsten als auch zugunsten des levantinischen Grobians. Meiner Person wurde ein Grad an Aufmerksamkeit zuteil, der nicht tolerabel war, und so verließ ich bei der nächsten Station den Zug, um den Rest des Weges zu Fuß zurückzulegen, während ich über das jüngstvergangene Geschehen nachdachte.

Ich vergegenwärtigte mir die zwei kritischen Geschehnisse dieses Tages: meine Vertreibung aus dem Café und die Begegnung mit dem wenig blickfesten jungen Mann. Es war nur meiner Besonnenheit zu verdanken, daß die beiden Vorfälle glimpflich verlaufen sind. Zufrieden trat ich den Heimweg an – wobei dennoch die Frage in mir aufkeimte, ob es nicht besser wäre, künftig solche Orte zu meiden, an denen sich der Gegensatz zwischen meinem hohen Wollen und der Niedrigkeit der Welt auf eine so drastische Weise in Konflikten zu entladen droht.

Die Rückkehr aus dem Hades

Ein paar Monate nach ihrem Tod trafen wir uns zufällig auf der Straße. Wir setzten uns in ein Restaurant und sprachen miteinander. Er erkundigte sich nach meinem Befinden. Ich antwortete höflich, nichtssagend, und ersparte ihm die Gegenfrage, von der ich annahm, daß sie ihn nur peinigen würde. Aber zu meiner Überraschung fing er plötzlich und ohne Unterbrechung an, von sich zu reden, wie er es noch nie getan hatte, und ich hörte ihm zu.

„Man sagt, der Tod hinterläßt eine Leere", begann er. „Aber das kann ich nicht bestätigen. Wir hatten aneinander vorbeigelebt. Jetzt, im Nachhinein, spüre ich, wieviel sie mir bedeutet. Anfangs ging ich täglich auf den Friedhof, um es ihr zu sagen. Leider waren meine Sinne nicht fein genug, um ihre Antwort zu verstehen."

Er hielt den Kopf gesenkt. Sein Blick war auf das Tischtuch gerichtet. Ich wunderte mich, daß er Trivialitäten von sich gab, wie man sie man von jedem Trauernden zu hören bekommt. Aber gleichzeitig spürte ich, daß er auf etwas Bestimmtes hinauswollte.

„In alten Zeiten", fuhr er fort, „hieß es: bis der Tod Euch scheidet. Aber der Tod hat uns nicht geschieden. Er hat mich untrennbar mit ihr verbunden. Ihr Begräbnis war unsere Trauung. Danach gingen wir auf Hochzeitsreise – leider an unterschiedliche Orte."

„Paß auf", sagte ich, „daß Du nicht nekrophil wirst."

Er lachte für einen Moment, hob den Kopf und sprach mit fester Stimme: „Da besteht keine Gefahr. Sie ist nämlich nicht tot."

Er registrierte meinen Blick und erklärte mit großer Bestimmtheit: „Wenn es Dich interessiert, was ich erzähle, dann hör mir einfach zu. Sie lebt, und mein Gefühl der Verbundenheit mit ihr ist grenzenlos. Ich habe die alten Plätze aufgesucht, unsere Spazierwege, den Park, die Mauer, hinter der wir zusammengesessen und uns das erste Mal geküßt hatten. Aber da war sie nicht. Ich habe die Stätten ihrer Kindheit aufgesucht: die Grundschule, die Kirche, den Spielplatz. Ich setzte mich auf eine Bank und sah den spielenden Kindern zu. Auch dort war sie nicht.

Erst als ich die Suche aufgegeben hatte, da ließ sie sich finden, und zwar an einem Ort, an den sie nicht gehörte. Ich war wie abgestorben, und so stieg ich zu den Toten hinab. Es ist keine Schwierigkeit, dorthin zu gelangen. Der Höllenhund ist käuflich. Schon auf dem Weg hinunter drangen mir Klagerufe ans Ohr, und als ich in der Tiefe angekommen war, sah ich das Elend der unerlösten Seelen. Die gequälten Schatten stehen unter Zwang: Was sie auf Erden als das vermeintlich Liebste getan haben, das müssen sie im Hades ohne Unterlaß wiederholen. Längst ist ihnen die Lust dabei abhandengekommen. Übriggeblieben ist nur die Qual. Ich ging an ihnen vorüber, zunächst erstaunt, dann entsetzt. Sie sind in Folterkammern eingepfercht, kleinen und grösseren Zellen. Im Vorübergehen sah ich das Geschehen hinter den halbgeöffneten Türen: endlos zuckende Körper, die sich aneinanderklammern, nie voneinander loskommen, Schwellkörper, Schleimhäute, blutiges Fleisch, gefesselt und geknebelt, von Peitschen zermartert, mit Exkrementen und Urin beschmiert. Ich hörte grauenhaftes Stimmengewirr, endloses Stöhnen, das gedämpfte Brüllen der Geknebelten.

Keiner von ihnen bemerkte mich. Ich trat hinzu, aber sie nahmen keine Notiz von mir. Da hörte ich ein vertrautes Timbre, ein ganz unverwechselbares Lachen – und das war *ihre* Stimme. Zunächst glaubte ich an eine Sinnestäuschung. Aber dann sah ich in die Zelle, aus der das Lachen zu vernehmen war, und da stand sie, so jung und atemberaubend schön wie in der Zeit, als wir uns kennengelernt hatten. Sie wirkte noch viel jünger, und sie hatte keine Augen für mich, sondern nur für den Fettklops, der sie mit seinen feisten Armen ergriff und auf sich schob. Da begann auch sie zu stöhnen.

Ich verließ die Zelle und mußte an einen Abend zurückdenken, an dem wir über unsere wilden Jahre gesprochen hatten: Jugendsünden, verflossene Liebschaften, und sie hatte mir von einem dicken Mann erzählt, den sie ihren Dukatenesel nannte. Ich hatte sie jetzt mit ihrem Dukatenesel gesehen, und der Anblick tat mir weh. Das Schamgefühl trieb mich hinaus. Da hörte ich wieder ihr Lachen, und da merkte ich, was sie von den gequälten Seelen unterschied: Sie konnte sich freuen. Ich hörte sie lachen, und es war, als stünde sie hinter mir. Ich ging die Treppe hinauf und spürte, wie sie mir folgte. Deshalb vermied ich es, nach ihr zu sehen – um ihre Rückkehr nicht zu gefährden –, und so gelangten wir an die Oberwelt."

„Hinter Dir ist niemand", sagte ich und blickte an ihm vorbei ins Leere.

„Sie ist ein wenig scheu", entgegnete er und fügte hinzu: „Nimm meinen Bericht als einen Abgesang auf die Hölle, von der ich Dir erzählt habe. Heute steigt keine verirrte Seele mehr in den Hades hinab. Das Diesseits ist an seine Stelle getreten."

„Sag mal", fragte ich etwas verzweifelt. „Du hast Dich von allen Freunden zurückgezogen. Du bist völlig eingegraben. Was ist das für ein Leben, das Du jetzt führst?"

Aber das waren Trivialitäten, wie man sie von jedem Nichtbetroffenen zu hören bekommt. Meine Worte erreichten ihn nicht.

Shitstorm

Unsere Geschichte spielt in Niederkappeln, einem unscheinbaren Ort in der westfälischen Provinz.

Aber ist es gerecht, einen Ort als provinziell zu bezeichnen, nur weil er sich abseits der sogenannten Zentren in einer Region befindet, die nichts Spektakuläres aufzuweisen hat? Aus dem Selbstverständnis, kulturelles Zentrum zu sein, spricht anmaßende Überheblichkeit. Es ist eine Machtdemonstration urbanen Hochmuts, von Landprodukten abhängig zu sein und deren Erzeuger zugleich als ungebildete, rückständige, noch vorneuzeitlich lebende Existenzen hinzustellen, auf die hinabzuschauen zum guten Ton im Diskurs einer selbsternannten Großstadtelite gehört.

Niederkappeln ist ein durchaus reizvolles Städtchen mit einer über tausendjährigen Geschichte, hervorgegangen aus drei kleineren Dörfern, die im Lauf der Jahrhunderte näher zusammenrückten, bis sie in der unter Hitler kaltblütig verfügten Gebietsreform quasi per Ministerialerlaß in das Prokrustesbett einer kleinstädtischen Gemeinschaft hineingezwungen wurden. Nach dem Krieg wandelte sich dieses Kunstgebilde erneut. Der Zustrom an Fremden veränderte das Sozialgefüge. Die Ureinwohner, überwiegend Bauern und Handwerker, katholisch geprägt, ein merkwürdiges Idiom sprechend, das man als Variante des Plattdeutschen begreifen kann, sahen sich einer Phalanx von Fremden gegenüber, evangelisch oder religiös indifferent, Hochdeutsch oder in anderen Dialekten parlierend, entwurzelt, semi-urban, an die sich zu gewöhnen ein schmerzhafter Prozeß war. So wie in Niederkappeln ging es nach dem zweiten Weltkrieg überall auf dem Lande zu. Auch optisch wurde es verändert durch den Zustrom an Facharbeitern und Angestellten, die auf dem Lande billig wohnten, um in der Stadt zu arbeiten. Neubaugebiete schlossen einen Belagerungsring um den Dorfkern, und vor den Neubaugebieten, entlang der Hauptstraße, wuchsen metastasenartig die Gewerbegebiete: mittelständische Firmen, Baumärkte, Autohäuser, Tankstellen. So verwandelten sich die Dörfer innerhalb zweier Jahrzehnte in gesichtslose Kleinstädte, mit ein paar Restkirchen und Fachwerkhäusern im Innern. Diese Entwicklung ging einher mit dem Siegeszug der sogenannten Unterhaltungselektronik, die zum Aussterben der Dialekte und zur Nivellierung der Sitten und Gebräuche mindestens genausoviel beigetragen hat. Das Ergebnis war eine Entfremdung aller von ihren Traditionen, ihrer angestammten Lebensweise.

Aber was ist das für eine Sichtweise, die aus diesen Worten spricht? So spricht der urbane Schmock, der zu touristischen Naherholungszwecken die Dörfer als pittoreskes Überbleibsel des neunzehnten Jahrhunderts konserviert wissen möchte. Sollen die Menschen dort – dem Schmock zur Augenweide – sich das Wasser noch aus dem Dorfbrunnen holen und von den Annehmlichkeiten der Modernisierung ausgeschlossen bleiben, auf die der Großstädter keine Sekunde zu verzichten imstande wäre? Vorallem aber: Was sind das für Menschen, von denen hier die Rede ist? Worin bestehen ihre Sitten und Gebräuche, deren angeblicher

Verlust so triefäugig beklagt wird? Ihre Vorfahren waren keine edlen Wilden, die, von der Zivilisation noch unverdorben, frei und gelöst im Einklang mit der Natur gelebt haben, sondern verhaltensauffällige Barbaren, deren abergläubische Lebenspraxis weder durch den Kontakt mit dem Christentum noch durch die Aufklärung je eine Milderung erfahren hat. Von den christlichen Missionaren erlernten sie mit knapper Not, wie man das Land urbar macht und die Felder bestellt; von den Segnungen der Aufklärung ist das elektrische Licht bis zu ihnen vorgedrungen. Vorbehalte gegenüber dem Nationalsozialismus hatten diese Dörfler nur, weil seine Exponenten nicht aus ihrer Gegend stammten.

Ansonsten bedeutete die von Hitler angeführte Rebellion des Kleinbürgertums und der ländlichen Rückständigkeit gegenüber dem protopluralistischen Sumpf der großen Städte die letzte Hochphase in der Geschichte Niederkappelns. Die Jahrzehnte nach dem zweiten Weltkrieg lassen sich nur noch als eine Zeit des Niedergangs beschreiben. Hitlers willige Vollstrecker mutierten zu Demokraten, die sich aber noch immer mit eingeübt-denunziatorischem Blick gegenseitig belauerten, da sie zu recht nichts Gutes voneinander zu erwarten hatten. Die heile Welt von Zucht und Ordnung fand ihr zweifelhaftes Ende im Jahre des Heils 1968, als das saturierte Bürgertum Sprachgebrauch und Lebensstil der ungewaschenen Haschrebellen übernahm und salonfähig machte, so daß die angebliche Rebellion im Zustand ihrer völligen Deformierung auch die ländliche Region erreichen konnte und dem autoritären Charakter erlaubte, unter der Maske des jovialen Hedonisten fortzuleben. Es war dies die Zeit, in der es der lokalen Baumafia in Verbandelung mit dem Stadtrat gelang, die letzten noch unberührten Flächen rings um das Gemeinwesen unter Betonruinen verschwinden zu lassen, die im Moment ihrer Fertigstellung zerbröselten, was insofern kein Unglück war, als das Siechtum nun für alle sichtbar wurde.

Auf die hypertrophe Entwicklung der siebziger und frühen achtziger Jahre folgte erst die Stagnation und dann der lange Marsch in den Niedergang. Die Höfe wurden geschlossen, die Firmen und Geschäfte gingen Pleite, die Kaufkraft erlahmte. Wer noch eine Zukunft vor Augen hatte, junge Frauen zumal, floh in die grossen Städte. Zurück blieben die Männer: arbeitslos, alkoholabhängig. Die Bahnlinie wurde eingestellt, Schulen und Kindergärten wurden geschlossen, die Kirchen entwidmet, die Vereine starben aus. Die Stadt verschrumpelte mit ihren Bewohnern und verwandelte sich in ein Altersheim ohne Betreuung, ohne Arzt und Apotheke, eine Geisterstadt, von ein paar zänkischen Greisinnen bewohnt, deren Adresse selbst der Tod vergessen hat. Zweimal täglich fährt ein menschenleerer Linienbus hindurch, ohne zu halten, morgens in die eine, abends in die andere Richtung.

Aber welchen Kräften wird mit einer solchen Betrachtungsweise zugearbeitet? Ist es richtig, nur die krisenhaften Momente zu beleuchten und das Intakte unerwähnt zu lassen? Es kann doch gar nicht Zweck und Ziel dieses Textes sein, sich ausführlicher mit Niederkappeln zu beschäftigen, das nichts als Staffage ist und vor dessen austauschbaren Versatzstücken die Geschichte spielt, um deretwillen wir den Ort überhaupt nur seiner verdienten Anonymität entrissen haben.

Tourette

Anything goes. Rien ne va plus. Skylla und Charybdis, das Sein und das Nichts. In Gefahr und größter Not bringt der Mittelweg den Tod.

Ca ira! Sturm auf das Winterpalais; alle Macht den Räten. Die politische Macht kommt aus den Gewehrläufen. Krieg ist die Fortsetzung der Politik mit anderen Mitteln. Das Betreten des Rasens ist verboten. Aristokraten pissen an die Laterne.

Der Hahn ist tot; es lebe der Hahn. Unter dem Pflaster ist der Strand. Starr saß das Kind dort mit den Schwefelhölzern. Ich bin der erste Diener meines Staates. Keiner macht's für niemand. Der geschenkte Gaul zeigt seine Zähne. Echte Weisheit kommt von innen.

Die Russen kommen. Seltsam, im Nebel zu wandern. Schaurig ist's, übers Moor zu gehn. Er hat seine Schuldigkeit getan, am Tag, als der Regen kam, und mit Gazelle jagt er keinen Hund vor die Tür. Was will uns der Dichter damit sagen? Land der Dichter, Land am Strome, heiß umfehdet, ohne Anschluß; denkt sich sein Teil und läßt die andern reden. Nicht für Kinder ist der Schwedentrank. Der Wechselbalg im Wasserbad der Gefühle, letztes Jahr in Marienbad. Die Marineband spielt den Untergang der Laconia. Lakonisch vermerkt das Protokoll: Kriegseintritt der USA. Ein Tritt in die Fresse, nur in Begleitung Erwachsener. Damen zahlen die Hälfte. Kinder zahnen.

Sturm im Wasserglas, Lustspiel in fünf Akten, Jagd auf Roter Oktober. Preußen – ein Klümpchen Schleim in einem warmen Moor. Ein Platz an der Sonne. Die nicht verheilende Wunde des Amfortas. Am Vortag hatte er schon geschwächelt. Alternative Heilrufe mit staatlicher Anerkennung. Die Gewalt in Gestalt des Anwalts in der Anstalt. Geben Sie Gedankenfreiheit. Lord Chandos findet eine Suchmaschine und bekommt Logorrhoe. Die Gedanken sind frei. Eng ist die Welt, und das Gehirn ist weich.

Das sonntägliche Huhn im Topf. Wenn sie kein Brot haben, sollen sie Kuchen essen. Eier und Schmalz, Zucker und Salz, Milch und Mehl, Satan macht den Kuchen gel. Die Madeleine auf der Zunge eines Volontärs.

Alles speichern, alles fließt. Strom der Bewußtlosigkeit. Klingeling, hier kommt der Eichmann. Nimm Dein kleines Schwesterlein. Ich bin nichts gewesen als ein treuer Diener von meinem Souverän. Zurückbleiben. Türen schließen automatisch. Schläfst Du, Hagen, mein Sohn? Der Klassenfeind schläft nicht. Die Iden des März, die Aprilthesen, der neunte Thermidor. Der Soldat muß seinen Offizier mehr fürchten als den Feind. Ihr Väter, erbittert Eure Kinder nicht, auf daß sie nicht scheu werden. Des Geist aber gebrochen ist, dem verdorren die Gebeine.

Die Kathedrale des erotischen Elends. Ein Merzbau mit devianter Neigung. Das Ganze ist mehr als die Summe seiner Teile. Wie liegt die Stadt so wüste. Ein Erdenrest, zu tragen peinlich. Der Pfahl im Fleisch, nämlich des

Satans Engel, der mit Fäusten schlägt, auf daß man sich nicht überhebe. April und Mai und Junius sind ferne. Laß Dir an meiner Gnade genügen, denn meine Kraft ist in den Schwachen mächtig.

Auftritt im Wahlvokal: Am Wahltag, als Zar Saltan abdankt. Enge Grenzen sprengt der Neger. Irmi schwitzt im Schritt. Doktor Morolt floh vorm Vollmond. Unzucht buhlt ums Gnu. Ich bin nicht, was Du bist. Er – sie? Es ist wahr. Wir sind es leid, daß Ihr so seid, wie sie gesonnen sind. Der Nebensatz, der die das Werk kommentierende Literatur erwähnt. Literarisierter Betrieb. Flügel der Zeit – Deutsche Gedichte 1900 – 1950: ‚Ich nehm als Judenjunge immer nur deutsche Mädchen mit aufs Zimmer.'

Stolypins Krawatte. Kulakenkaffee. Diese toll gewordenen Hunde müssen allesamt erschossen werden. Rahn müßte schießen. Wollt Ihr den totalen Krieg? Wollt Ihr die bedingungslose Kapitulation? Welches Schweinderl hätten's denn gern? Fliegerschokolade. Junkerland ist abgebrannt. Im Felde unbesiegt. Die Pißmarken Bismarcks. Pippin der Kleine macht's wieder reine. Der Kanzler der Alliierten. In der Schwatzbude vaterlandslose Gesellen. Neue Ökonomische Politik. Bereichert Euch! Als Gefangener wird man nicht geboren. Sozialabbau in *einem* Lande. Gefangene werden nicht gemacht. Alles muß raus. Den Banken darf nie wieder das Geld ausgehen. Die Gazetten sollen geniret werden.

Ein Märchen

Ein junger und ein alter Mann begegneten sich auf ihrer Wanderschaft.

„Geh mir aus dem Weg", rief der junge Mann, „sonst töte ich Dich."

„Wir haben Platz genug, aneinander vorbeizukommen", sagte der alte Mann. „Geh nur Deines Weges und sei guter Dinge."

„Nein", sprach der junge. „Wenn Du nicht ausweichst, bringe ich Dich um."

Sprach's, erschlug den alten Mann und ging weiter.

Im nächsten Dorf übernachtete er in einer Herberge und wurde im Traum von dem alten Mann heimgesucht.

„Warum hast Du mich erschlagen?", fragte der Alte, „obwohl ich Dir nichts getan habe?"

„Geh aus meinem Traum", rief der junge Wanderer, „sonst töte ich Dich."

„Das hast Du bereits getan", sagte der alte Mann. „Wie willst Du mich denn nochmals umbringen?"

Doch auch in seinem Traum erschlug der junge Mann den alten. Dann dreht er sich auf die andere Seite und schlief weiter.

Am anderen Morgen ging der Junge seines Weges, und jetzt erschien ihm der Alte wieder, diesmal in seiner Erinnerung.

„Geh mir aus dem Kopf", rief der junge Mann, „sonst töte ich Dich."

„Da, wo ich jetzt bin, kannst Du mich nicht töten", sagte der alte Mann.

„Oh doch, das kann ich. Ich werde Dich schon ganz vernichten", rief der junge Mann und erschlug sich selbst.